W0289852

COLLECTION FOLIO

Pierre Dubois

Les contes de crimes

Gallimard

© *Éditions Hoëbeke, 2000.*

Pierre Dubois est né dans les Ardennes en 1945. C'est au cœur de cette forêt légendaire que, très tôt, il aurait rencontré pour la première fois l'Esprit des lieux et foulé l'herbe enchantée.

Auteur des trois grandes encyclopédies sur les lutins, les fées et les elfes qui l'ont fait connaître dans le monde entier, il est également scénariste de bandes dessinées.

Ma tresse restera auprès de vous ;
les fleurs sont « les pensées » :
le myosotis, le bouton-d'or, les petites roses
sont et représentent mon enfance,
pâquerettes pour les plus belles puretés.

MÉLANIE, SASKIA DUBOIS

La Belle au bois dormant

Ce n'est pas dans la mort que sera plongée la princesse, mais dans un sommeil profond de cent années.

GRIMM

Il était une fois un homme qui vivait dans l'espoir d'assassiner sa femme.

Lorsque Monsieur Pepinster emmenait son épouse glisser sur les pentes métalliques du « Grand Scenic Railway », il avait toujours en tête une idée autre que de lui faire éprouver de ces vertigineuses mais émoustillantes sensations qui eussent pu s'avouer d'habiles préliminaires à des polissonneries nocturnes. En fait, le jovial Monsieur Pepinster offrait chaque samedi soir à Madame Pepinster un tour complet de Luna Park afin de s'en débarrasser. L'empressement hilare qu'il mettait à la hisser dans les clinquantes balancelles des grandes roues cachait une détermination cent pour cent meurtrière. Toutes les attractions, les manèges les plus « dangereux » : murs de la mort, grands huit, avalanches, vagues, chenilles, bolides des neiges, étaient hebdomadairement visités, étroitement enlacés. Ils déambulaient dans la foule, la main de Monsieur Pepinster dans le dos de Madame, guettant l'instant propice pour la poussée fatale... Combien de regrettables accidents furent *in extremis* interrompus au sommet constellé d'ampoules multicolores d'une montagne russe par l'arrivée inopinée et indésirable d'un bataillon de marmots, d'un couple d'amoureux, de fêtards en goguette, ou d'un des voyeurs habituellement attachés aux jeux de miroirs du « Palais de la Rigolade » !

Monsieur Pepinster, qui détestait la barbe à papa, les frites, les berlingots, les croustillons hollandais et les fêtes foraines en général, sentait l'épreuve grignoter sournoisement ses nerfs, gangrener sa froide raison et s'effrayait de ce qu'une pulsion irrépressible ne l'amenât un jour d'égarement à un geste malheureux susceptible de le conduire par un petit matin médiocrement blafard tout droit sous le couperet du bourreau.

Miné par les aboiements mirliflores des camelots appelant aux loteries à peluches et lots kitsch, aux spectacles vulgaires de beautés soldées sous les strass et les bas filés, déprimé par la synthétique ou mécanique allégresse des flonflons, le martèlement assourdissant des orgues à lampions, bousculé, Monsieur Pepinster, maîtrisant vaguement le parcours de Madame comme celui hasardeux d'une bille par les méandres d'une machine à sous, remontait le ressac houleux de l'allée centrale palissadée de grimaçants trains fantômes, de temples de la gaudriole, de marchands de nougats. Elle avait ri beaucoup aux miroirs déformants du palais des glaces, s'était chavirée d'extase en gloussant des « chéri... chériiiiii » suraigus tout en le percutant à chaque à-coup des autos tamponneuses tandis qu'il s'étranglait à recracher une poignée de confettis lancée par le Paillasse du stand.

Les claquements des carabines des tirs aux pigeons mitraillaient sa tête de tous les côtés à la fois, ses yeux montaient et descendaient avec les chevaux de bois et son estomac se soulevait aux remugles des graisses sucrées, menaçant de déborder sur les rutilants wagonnets de la « Cage tournante ».

Fuyant les monstrueux phénomènes d'un « Musée des curiosités de la médecine » à l'entrée duquel s'agglutinait une file ganglionnaire de curieux bien-portants, il prit deux places au « Royaume des Contes » pour se reposer un peu. Adossé contre une arche sculptée de sirènes vertes et roses, il savoura la pénombre et le calme relatif de la musique d'ambiance tandis que son épouse, insatiable, se jetait déjà dans les couloirs qui menaient aux salles des merveilles.

Se trouvaient là, assez atrocement reproduites en trompe-l'œil et figures de cire, les scènes les plus célèbres des contes pour enfants : Hansel et Gretel grappillaient une tuile de pain d'épice à la maison de la sorcière, le Chaperon rouge sous une frondaison de papier crépon indiquait à un loup défraîchi, babines mal emmoustachées, le sentier menant chez Mère-Grand. « Tire la chevillette et la bobinette cherra », commentait un phylactère accroché aux rideaux. Plus loin, Poucet retirait à l'ogre pansu ses bottes de sept lieues et l'automate de Riquet à la houppe à une raide marquise répétait sans cesse une révérence saccadée.

Au pied d'une montagne de toile peinte broutée par des Bambis empaillés, Blanche-Neige gisait en son cercueil de verre, veillée par sept nains aux yeux fixes d'agate desquels coulaient des larmes qui alimentaient une fontaine où se reflétait le visage du Prince Charmant.

Tout en imaginant les cauchemars que ne devaient pas manquer de susciter de tels épouvantails auprès des jeunes âmes fourvoyées dans cette antichambre plus proche du placard de Barbe-Bleue que du boudoir de Dame Tartine, Monsieur Pepinster, évitant les regards de verre, dériva avec soulagement vers le dernier tableau, au fond de la galerie.

On ne pouvait douter qu'il s'agissait enfin de son apothéose. Le magicien des lieux avait manifestement rassemblé ici toutes les ressources de ses arts conjugués afin de parfaire l'accomplissement d'une mystérieuse et obscure fascination...

La Belle au bois dormant, coulée dans un sommeil de cire, s'alanguissait à la lueur pâlissante d'un crépuscule parmi les intimes transparences des tulles et les lacs de lierre d'une flore artificielle.

L'or filé de ses cheveux échappés d'une couronne de perles auréolait un fin visage éthéré. Paupières et lèvres closes, elle veillait sous le brocart et les voilages de moire épandus et, mue par on ne sait quel ingénieux mécanisme, sa poitrine menue s'élevait, s'apaisait, respirait au rythme du silence.

C'est au milieu de cette même nuit que l'idée du crime parfait vint visiter le sommeil agité de Monsieur Pepinster. Propulsé avec d'autres damnés sur le rail infernal d'une langue serpentaire plongeant vers les gouffres, les cloaques, les mufles ardents d'un Tartare forain, il s'apprêtait à sauter en marche en hurlant d'épouvante quand son siège de fer, freinant dans des fusiolles d'étincelles, l'avait charitablement détourné vers la galerie désertée du « Castel dormant ».

Et c'est en pénétrant sous les voûtes cartonnées du sépulcre que l'idée lui traversa l'esprit à la façon d'un lumignon.

Il alluma la lampe de chevet et le reflet de l'armoire à glace le renvoya par le couloir des ombres au chevet de la Belle Endormie. Mais ce n'était plus l'épure gracile d'une princesse enchantée : appuyé sur un coude il contempla, épandue à la place, Madame Pepinster qui, débordant de la couette, infusait des rêveries de bamboches comme une théière replète.

Encouragé par le clin d'œil entendu, le hochement hydrocéphale d'un gnome cireux, il imagina le corps dodu, boudiné par la coquette nuisette, dépérir, se creuser, sécher et tomber en poussière…

Il suffisait d'attendre. Si elle dormait un an, deux ans, cent ans suspendue dans l'espoir d'un baiser de Prince Charmant qui ne viendrait jamais.

Dès le lendemain matin, turlutaine de pinson à la bouche, il acquit à la bouquinerie spécialisée du bourg voisin tout ce qu'on pouvait dénicher d'ouvrages, de manuels, de brochures, de traités d'hypnose…

Un mois et quelques jours plus tard, fort de sa nouvelle science, à l'heure du repas, il passait de la théorie au stade pratique. Retenir l'attention de l'insouciante victime lui fut extrêmement facile en exhibant une bague au chaton étincelant, fournie avec pendule de cristal et mode d'emploi. La pierre habilement utilisée joua, dansa, capta tout le temps que dure le laborieux décorticage d'une quarantaine de crevettes grises sur pain bis-beurre. L'œil rivé à la chevalière, la malheureuse mollit, sa prunelle se teinta de flou, ses gestes s'égarèrent… Et il l'endormit quelques secondes entre la poire et le fromage.

Au dessert du lendemain, elle dormit une minute.

Le surlendemain, au hors-d'œuvre, déjà, elle piquait du nez dans l'assiette de radis. Trois jours après, dès l'apéritif, il la portait au lit…

Elle jeûna une semaine durant.

À son réveil, alanguie, ne se souvenant de rien d'autre que d'un irrésistible besoin de sommeil, elle ébaucha quelques pas chancelants vers le jardin, grignota une biscotte avec difficulté, but une gorgée de vin et, au plus léger chatoiement, retomba dans le coma.

Lorsque la joue jaunit et se creusa d'une nuance terreuse, lorsque l'œil se cerna d'un arc-en-ciel anémique, il appela à l'aide un médecin ami ; un de ces praticiens cramoisis, matérialiste borné et si positivement imbu de son savoir qu'envisager un zeste d'instant seulement la possibilité d'une autre possibilité que la sienne l'eût mené sur-le-champ à une fatale rupture jugulaire.

« Il lui faut du repos, beaucoup de repos, mon cher Pepinster, prescrivit le Dr Agreste Van Hoote… Toutes ces sorties, ces agapes ! Elle mangeait beaucoup trop, son organisme réclame la diète, le calme. Je me souviens de noubas effrénées passées en votre compagnie au Luna Park, tout cela a une fin, comprenez donc. Il faut vous ménager ! Allons, une bonne semaine de lit et elle vous reviendra gaillarde !

– Croyez-vous, elle me paraît bien faible.

– Allons, allons, son corps jeûne, se purge pour mieux repartir à neuf ! Pensez-vous, vous avez là une véritable centauresse, mon vieux. Laissez agir la nature, ne soyez pas inquiet et à samedi, bougre de cornecul ! »

Van Hoote se plaisait à maintenir l'usage des vieux jurons d'une notabilité rustique, respectable et néanmoins couillue.

Le soleil, par les rideaux filtrés en rayons bleuâtres, nimbait le lit blanc où la belle dormait, se confondant à la pâleur des draps. Seules les incisives de Bérénice conservaient un éphémère soupir entre les lèvres sans vie. Parfois, remontant à la surface des limbes de Morphée, elle se réveillait, appelait faiblement, faiblement effrayée par un doute, se débattait faiblement, puis retombait aussitôt dans l'attirance nuageuse des oreillers, les prunelles saupoudrées des malices du marchand de sable.

Souvent Monsieur Pepinster montait lui tenir compagnie, surveillant son sommeil et l'entretenant par la lecture de doctes ouvrages et thèses soporifiques qu'il s'en allait choisir parmi les bibliothèques des universités proches : *De l'importance de la ponctuation chez Bossuet ; System des Tellurismus oder thierischer Magnetismus*, de S.W. Gluck ; *Notes sur la centralisation napoléonienne et ses conséquences sur la culture de la betterave sucrière au XIXe siècle dans le Pévèle et ses environs*, par le Pr Levasseur ; *L'Huître*, du Pr Eugène Wallon ; *Histoire des demoiselles de Lesnoyal en Talhouët et du Comité ecclésiastique de la Ferté-Che-*

millon, par Mgr Decousmaeker ; *De la fatigue*, de Hubert Tremesaygues ; *Rhétorique dialectique de la Raison*, de Hypérion de Bonnefoy. Toute une somme de vastes connaissances qui, plus d'une fois, le laissèrent terrassé sur le fauteuil de chevet, les lunettes tombées sur la page et baignant dans une bienheureuse torpeur culturelle.

Le médecin, un soir, vit une nette amélioration à l'état de la condamnée qui, réveillée ingénieusement une demi-heure avant la consultation, essayait vainement de balbutier quelque chose comme un appel au secours. Mais, tout à sa méfiance des extravagances physiologiques féminines et de leurs déconcertants symptômes, il se méprit quant aux dilatations affolées des pupilles et le message de détresse passa pour un délire fiévreux.

« Allons bon, ne dirait-on pas qu'elle veut déjà se lever ! Quel tempérament ! quelle appétence ! Du calme, madame Pepinster, du calme. Votre époux veille sur vous…

– Elle va se remettre, docteur ?

– Mais bien sûr.

– Je la trouve cependant si faible. Regardez, cher Van Hoote, on lui voit maintenant les côtes. »

La courtepointe soulevée découvrit le lamentable spectacle d'une chair fondue, ratatinée entre les replis d'une blanchâtre mue. L'opulente et rose nudité de la baigneuse callipyge semblait avoir été rongée, envahie, parasitée de l'intérieur par quelque invisible Horla. Ce n'était plus que saillances et angles douloureux. Le corps retourné se révéla pire encore ; une crémaillère d'échine et, posé sur l'arête des reins, le losange de Michaëlis, hier encore si enrobé de fossettes, pareil à un crabe nécrophage, pinces dardées, attendait la curée.

« Ma foi, je vais lui prescrire un bon fortifiant ! Cependant, vous savez, on est toujours trop gros et une surcharge pondérale n'est pas à encourager non plus chez Madame Pepinster ! »

Ses mains modelèrent dans l'air des courbes fortement galbées et tous deux, en descendant l'escalier, ne purent s'empêcher de rire à l'évocation de ces rondeurs qui avaient fait la joie et les délices des voyeurs du « Palais de la Rigolade » postés sous les toboggans et leurs souffleries taquines.

« Ah les bandantes soirées, foutrepaillasse ! déclara l'ex-carabin chenu qui se piquait au formol afin de sauvegarder un reste de tenue barbey d'aurevillyenne.

« Je vous offre un petit whisky, Van Hoote ?

– Pas de refus, trouillaridelle ! L'alcool et les femmes, voilà qui vaut toutes les potions ! » Et il se mit à tousser et tirer du fond de caverneux poumons les sinistres laments d'une veuze désaccordée.

« Hummm… ce qui m'ennuie, c'est que… bah… je n'irai pas.

– Dites toujours, Pepinster…

– C'est que je devais m'absenter pour affaire…

un voyage dans le Périgord, une tracasserie d'héritage à régler. Le notaire attend ma signature.

– Eh bien, allez-y, cul de truie de nonne ! Allez-y !

– Je ne peux tout de même pas prendre le risque de la laisser seule ainsi…

– Avec mon fortifiant, allons donc, dans deux jours, elle est sur pied et dansera la gigouillette au sommet des balançoires ! Vous savez ce qui vous a toujours manqué, Pepinster ? C'est ça ! » Le bras d'honneur ongleux qu'il brandit faillit bien l'éborgner. « Secouez-la un peu, sapristouille ! Cessez de plier comme un toutou à ses caprices, mettez-la debout et vous constaterez le résultat ! Car, sans vouloir vous vexer, admettez, mon vieux, que Madame Pepinster vous a toujours mené par le bout du nez ! Enfin quoi, mon garçon ! »

Ils trinquèrent, retrinquèrent et retrinquèrent, savourant l'ambre liquide embrasé par le ballet des lueurs du soir à travers les vitraux éclaboussés de pluie. Sur les crêtes du toit à pignons, le long des gouttières muselées de gargouilles d'étain, des rigoles, des fuites du grenier… les clapotis, les murmures, chuchotements, frôlements, arpèges de l'averse élaboraient, par le jeu d'orgue des conduits et la résonance des étages vides, des vagues de musique qui, aux oreilles de la malade, évoquaient les roulements mécaniques et les mugissements d'un orchestre de foire.

« Bonsoir docteur.

– Allez, Pepinster, bon voyage et ne vous en faites pas. »

En bas, la porte refermée étouffe toute vie qui semblerait vouloir se manifester dans la vaste maison.

Pepinster monte à pas feutrés, sa paume caresse la rampe comme pour endormir l'attention de cet unique témoin dont la tête de verre guette le seuil de la chambre oppressée de pénombres dans laquelle, sans bruit, il paraît se dissoudre. Des yeux mi-ouverts, à demi conscients, surveillent son imperceptible approche. Est-ce par le froissement de deux ombres l'une contre l'autre qu'une étincelle s'étoile à mi-hauteur et, dans l'espace conquis par la nuit sans limite, se met à danser ?

Elle dort, le pouls bat à peine, la respiration s'étiole, Pepinster tâte la peau crépusculaire, étire la laiteuse paupière, pince un sein à l'aréole exsangue : encore un ou deux jours et tout sera terminé, seulement il ne doit surtout pas être là lorsque cela arrivera. Il sera en voyage d'affaires !

« C'est épouvantable, il aurait dû rester, n'écouter que la confuse rumeur de ses pressentiments mais le Dr Van Hoote s'était montré si convaincant. Il n'aurait jamais dû la laisser seule et repousser à plus tard ce déplacement dans le Périgord ! »

Là-bas, il descendra dans un hôtel suffisamment fréquenté pour s'y faire remarquer. Tâtera de la cuisine du pays, liera quelques connaissances… et lorsqu'il rentrera !

Sa main baguée, d'un geste ailé, trace dans le noir un envol de phalène.

Il dénude le corps guère plus pesant qu'un souffle, guère plus réel qu'une phosphorescence, si vide et pantelant qu'il lui semble manipuler une poupée de chiffon. C'est une chrysalide désertée qu'il voile de dentelles, parsème de roses, d'hortensias séchés, de brumeux gypsophiles.

Et si elle s'éveillait ? Si elle se réveillait de dessous l'arachnéen suaire ?

Monsieur Pepinster a tout prévu. Il fixe la chevalière sur la pale d'un petit ventilateur électrique qui tourne au ralenti au-dessus du lit, juste à hauteur des yeux…

Si elle s'éveille ? Si jamais elle se réveille, la brillante spirale l'hypnotisera à peine la paupière éclose, avant même qu'elle reprenne quelque esprit !

Allons, il est temps de s'éclipser, les bagages sont bouclés…

Avant de quitter la maison, il est encore venu s'assurer du bon fonctionnement de l'appareil dont le ténu ronron chantonne aussi paresseusement qu'un bourdon autour de la couche fleurie de la Belle Endormie.

Après la sabronade à la graisse d'oie liée au jaune d'œuf et crème fraîche, après l'escalope de foie gras frais poêlé et l'enchaud périgourdin servi avec salade à l'huile de noix et lardons, Monsieur Pepinster se sent gagné par l'allègre sensation d'avoir pour toujours largement colmaté les brèches et fistules de l'ulcère dont avant-hier son estomac, secoué comme un shaker de mauvaises biles, souffrait encore.

Il se sent heureux, léger, aussi détaché du poids des choses que l'oiseau.

« C'est en vain qu'on jette des filets à ceux qui ont des ailes », récite-t-il en mâchonnant son troisième armagnac, le regard plongé au-delà des rideaux de cretonne, de la campagne riante vers les attirances célestes. Tant et tant de distance le sépare, en cette heure douce, du pays bruineux où le fantôme de Madame Pepinster achève de s'effilocher dans l'aigre carillon des béguinages ! Il tire une bouffée de cigare et c'est l'image flottante d'une photo de mariage qu'il souffle et efface à la fois. Sur la nappe, autour de l'assiette de gougnettes au sucre qu'il n'a pas osé toucher de crainte de retrouver dans la pâte frite un arrière-goût de kermesses, de nougat et de nausées de *merry-go-round*, s'éparpillent les boulettes de mie qu'il a pétries et repétries entre ses doigts en même temps que se broyaient remords et souvenirs acides. Mais la soubrette, d'un coup de ramasse-miettes, a tout emporté. Cela vaut bien un généreux pourboire glissé sous la serviette. Certes, à choisir, c'est au creux du corsage que Monsieur Pepinster préférerait l'introduire, accompagné d'une œillade, d'une proposition coquine, mais ce ne serait guère prudent. Quelles désastreuses déductions pourrait en tirer un inspecteur trop tatillon si, au cours d'une indésirable quoique peu probable enquête, il venait à apprendre sa conduite priapique à l'heure où son épouse bien-aimée était à rendre l'âme ?

Monsieur Pepinster secoue la tête de regrets tandis qu'emmaillotée d'un vaporeux tablier s'éloigne la croupe un instant convoitée. Bah, ce n'est que partie remise, bientôt il n'aura que l'embarras du choix. Et, la main posée sur le galbe tiède de la cafetière, il palpe et compare des sélections de rêve qu'il matérialisera demain.

Au-dehors, l'air est si tendre qu'on aimerait en détacher, en conserver des morceaux au fond de boîtes à bouts de trésors et les ressortir les jours trop gris d'hiver. Le ciel étoilé scintille de mille et mille cristaux habités de salamandres, piqués dans le dais noir de la nuit. Le ciel, se raconte Monsieur Pepinster, est une vaste chapelle ardente tendue de velours de deuil brodé de larmes d'argent sous laquelle s'ensevelit son secret. Les odeurs de terre fraîchement remuée, l'encens humide des herbes du fossé, les fleurs que la lune couronne d'une orbe mortuaire, tout un troublant langage de signes, de codes mystérieux, se ligue à flatter ses pensées. Les plumets noirs de la charmille, le *De profundis* du grillon, la veilleuse funèbre d'un ver luisant – il ne manque pas même à son rire l'écho complice de l'effraie…

Il va pourtant falloir qu'il se décide enfin à rompre l'exquise parenthèse : l'apéritif le midi sous les volubilis, le soir à contempler le jeu des hirondelles, les journées à flâner par les prés. Depuis combien de jours déjà a-t-il fait estampiller l'alibi notarié… trois… quatre… plus ? Le bonheur ne compte pas le temps.

Après-demain, oui, après-demain, il remontera mettre sa misère en bière.

Van Hoote sera surpris, plus offensé qu'attristé, et le premier à vouloir « oublier » un si lamentable diagnostic. Un cas à ne pas ébruiter chez la clientèle. L'acte de décès sera vite expédié.

« Ah ça, foutrepaillasse ! Elle nous a bien eus ! Ah ! mon pauvre Pepinster, c'était pourtant une nature. Qui aurait cru ça possible ! Enfin, que voulez-vous, quand la fatalité s'en mêle ! Mais les événements sont là, inéluctables, et nous allons à leur rencontre !

– Vous m'aviez certifié qu'elle s'en tirerait… je…

– Bah ! Bah ! je sais, je sais. Mais vous êtes encore jeune, je ne saurais trop vous conseiller de tout vendre et d'aller refaire votre vie ailleurs. On ne vit pas avec les morts. »

Et ra et ri… Pepinster saisirait la balle au bond, une balle toute ronde et joyeuse à l'idée de rebondir comme elle rebondissait aux temps heureux des récréations, n'est-ce pas sa course dorée qu'il suit au plein cintre des nues, luisante comme un astre jovial ?

Le bronze fêlé d'une cloche perdue l'appelle à rentrer.

La grande bâtisse enchevêtrée de lierre et de chèvrefeuille se hérisse derrière la grille que Monsieur Pepinster pousse avec une certaine impatience. Au cours du voyage de retour, il a vu le paysage se rembrunir, les eaux chantantes s'étrécir en canaux, les collines fuir sous le ciel bas. Puis, enfin, le soleil piqué par la quenouille du houblon disparaître dans les nuages…

Durant son absence, l'herbe a envahi l'allée, la ronce s'est entrelacée à l'ortie, agriffée aux sureaux croulant en masse sur les ombellifères. Des flocons de semences s'élèvent et planent au ras des plates-bandes en buée végétale et ouateuse. Et c'est à travers cette dense broussaille qu'il se fraie un chemin jusqu'à la pierre du perron.

La clef grince dans la serrure, la porte proteste en s'ouvrant à regret et les lattes du parquet retournent leurs clous sous le pas de l'intrus.

Une odeur de moisi imprègne les lieux, les murs, les fauteuils et les objets recouverts de toiles d'abandon. Tout en gravissant l'escalier, il lui semble remonter le temps d'un château de poussière.

Tout dort.

Son souffle ébranle le silence. Il lui semble que le tambour incongru de son cœur va fendre le palier, lézarder la maison, jeter à bas ce mausolée…

La chambre !

Le lit est là ; flottant au creux d'un cerne blafard, la Belle au bois dormant. Autour, la flore des tapisseries se penche. Rien n'a bougé. La forme du corps est immobile sous le suaire dentelé.

Aussi silencieusement qu'une ombre, Monsieur Pepinster s'approche, se penche au-dessus du visage noyé de cheveux pâles… pour déposer un baiser…

Il hurle autant de surprise que de douleur. Le couteau s'est enfoncé loin dans son ventre. Très loin. Il compresse la plaie mais déjà se sent mort. Glissant au fond d'un chavirement de manèges détraqués, il aperçoit s'esclaffer les gnomes de cire du palais des contes et, de sa couche funèbre, se dresser le corps renaissant de sa femme. C'est une Belle de Mai qui s'épanouit et, d'un geste gracieux, ôte le maquillage de talc de ses joues d'églantine, démasquant un sourire vengeur.

Emporté par un squelette de train fantôme, Monsieur Pepinster a à peine le temps de comprendre : La bague ternie sur la pale du ventilateur éteint, arrêté sans doute par une panne imprévue d'électricité…

On ne peut penser à tout, ni éviter les pièges que tendent les contes de fées. Ces fées du destin qui donnent ou reprennent, protègent ou condamnent. Il suffit d'un coup de baguette ou de hasard pour faire sauter un plomb et délivrer la belle de son sommeil mortel.

Ainsi elle s'est réveillée le temps de reprendre vie, de méditer sa vengeance, de l'attendre, l'attendre même si cela devait durer cent ans… cent ans… cent ans.

Riquet à la houppe

La beauté est un si grand avantage qu'il doit tenir lieu de tout le reste, et, quand on la possède, je ne crois pas qu'il y ait rien qui puisse nous affliger beaucoup.

CHARLES PERRAULT

Il était une fois, au temps où les princes n'épousaient plus les bergères mais se pacsaient aux bergers, un enfant qui naquit si laid, si contrefait que le Dr C. Perrault – de grand renom –, craignant de ternir sa réputation, préféra nier sa présence à l'accouchement.

Il se trouva, parmi sa notable clientèle, des gens d'honneur pour confirmer ses affirmations et témoigner que tous – à l'heure de la pitoyable délivrance – se trouvaient réunis à concevoir des moyens de financement en vue d'une entreprise de recherches cancérologiques.

La maman, morte en couches, ne trouva rien à redire et c'est la Mère Loye, une vieille sage-femme myope et un peu toquée, que la rumeur organisée désigna comme lampiste.

Quant à l'enfant, on le laissa grandir sans père ni mère, dans une vaste maison emplie de tant d'Esprits qu'il finit par en acquérir un peu. Il en va souvent ainsi de la fréquentation des enfants solitaires avec les courants d'air.

Au pays plat des beffrois et des carillons, les paysages sans luxuriance obligent le petit promeneur à se baisser, à regarder plus attentivement les choses alentour, à chercher la fleur secrète parmi les herbes simples. Il en va de même de la lumière diffuse et des ciels qui n'ont que les nuages pour engendrer des cimes.

J'oubliais de dire qu'il vint au monde avec une houppe de chair au lieu de duvet sur la tête, ce qui fit qu'on le nomma Riquet à la houppe car Riquet était le nom de la famille défunte…

C'est ainsi qu'il grandit.

Il était une fois un homme très laid qui aimait une dame très belle et qui, de surcroît, avait eu la malencontreuse idée d'épouser le seul ami qu'il possédait.

Il était laid sans l'attrait monstrueux du fantôme de l'Opéra, la sauvagerie de Han d'Islande, le pathétisme romanesque de l'Homme qui rit.

Elle était belle, il n'était pas même « la Bête ». Mais grotesquement laid avec son excroissance de chair au milieu du front, chauve jusqu'à mi-crâne et ébouriffé de roux. On se gaussait de lui, on le brocardait, il rougissait de sa houppe charnue, et pleurait…

Presque chaque soir Riquet venait traîner sa misère chez ses amis dans leur flamboyant hôtel particulier, tout engargouillé de pignons et d'encorbellements à la mode flamande. Là, en soupirant, il admirait Noémia, l'inaccessible maîtresse de maison, confectionner d'excentriques salades, mêlant le cœur d'artichaut, les groseilles, la capucine, les brocolis nains, le magret fumé d'autruche et la mangue confite. Le ballet aérien de ses doigts fins, bagués, par-dessus la frisée, le ravissait.

Puis, tous deux installés à chaque extrémité du récamier mimosa, ils attendaient que Marc rentre.

Mais Marc ne rentrait pas.

Chirurgien d'élite et volage, il profitait, plus que de raison, de l'aura mythique qui orbe les « grands patrons » auprès des troulalères : infirmières et patientes, patientes et infirmières, visiteuses médicales, collègues, épouses et filles des collègues que le spleen du jour déclinant porte à l'attendrissement.

Riquet, scellé aux coussins, n'osait rien d'autre que penser, songer que s'il eût été beau il aurait comblé d'extases sans fin ces tristes et interminables moments saturés de silences et d'effleurements gênés.

« Je ne comprends point, madame, comment une personne aussi belle que vous l'êtes peut être aussi triste que vous le paraissez », aurait-il dû, comme dans le conte, dire. À quoi la charmante aurait répondu :

« J'aimerais mieux être aussi laide que vous et avoir de l'esprit que d'avoir de la beauté comme j'en ai et être bête autant que je le suis de l'attendre vainement !

– Mais j'ai le pouvoir, madame, de donner de l'esprit autant qu'on en saurait avoir à la personne que je dois aimer le plus ; et comme vous êtes, Noémia, cette personne, il ne tiendrait qu'à vous d'avoir autant d'esprit qu'on en peut avoir, pourvu que vous vouliez bien m'épouser. »

Et sous ses baisers, dans ses bras, elle se serait abandonnée…

Mais il était trop laid pour oser et trop fidèle à l'ami qui, pourtant, ne méritait point tant d'égards, pour se décider. Aussi, le temps précieux, vexé de se trouver si mal traité, si mal choyé, boudait, s'exaspérait et se vengeait en pesant de tout son poids sur ces deux-là qui l'employaient si mal et transformait avec férocité chaque discrète déglutition en chasse d'eau, chaque soupir en rot.

La laitue aux fraises et gésiers d'oie fanait, se recroquevillait, cuisait lamentablement au fond du saladier, pendant que les heures, à grands coups de pied, ébranlaient la pendulette de la cheminée…

Ils attendaient toujours Marc, buvotant du bout des lèvres crispées des cocktails colorés et corsés ; Riquet égrenait maladroitement quelques prévisions météorologiques que Noémia, l'ouïe accaparée par tous les ronrons lointains de voitures tardives, n'entendait pas.

Mais de Marc, toujours point.

Alors l'ami fidèle rassurait, évoquait les inévitables urgences, les interventions de dernière minute et leurs complications : césarienne étranglée, appendicite aux forceps, hernie péritonienne, éclatement épididymaire… en se mettant à table.

Face à la chaise vide de Marc, ils chipotaient l'asperge marinée ; de l'extrémité des incisives, tels des lapins anorexiques, grignotaient les toasts aux doryphores de mer et les canapés divers que, dans le cloître de sa cuisine, Noémia avait copieusement arrosés de ses pleurs.

Lorsque enfin, à l'heure où Cendrillon, depuis belle lurette sans pantoufles, en était à semer ses métatarses, à l'heure où se remettaient à tousser les corons environnants, Marc faisait une entrée triomphale, le geste avantageux, le verbe charmeur, jouant par cœur un texte tellement de fois bissé que Riquet pouvait en réciter toutes les répliques d'avance !

Il tapotait les fesses de Noémia, déclarait « avoir une petite faim » et prenait possession de son trône, étalant derrière lui une traîne odorante, tissée par les parfums de ses conquêtes : des vergers d'Ève aux jardins suspendus de Shéhérazade…

Mais – *credo quia absurdum* – Noémia, compatissante aux surmenages du seigneur, épongeait son front, le cajolait, ronronnait, et quémandait la caresse en apportant le gâteau.

Sur ce, Riquet s'esquivait tout emmêli-mêlé d'amertume, d'amour amertumé.

Bregen-en-Hainaut est une petite ville paisible et bien plaisante. Un lieu idéal aux décors des charmants *Contes d'un buveur de bière.* Rien n'y manque pour accueillir Cambrinus, Gayant, Culotte Verte, ou ce bon censier qui s'en alla chercher à travers la contrée un juste parrain à son nouveau-né, et fit de la Mort son impartial compère. On les verrait bien se poser, comme chez eux, dans un des estaminets de la Grand-Place : « Le Royal », « À No Maison » lambrissé d'honorables patines, « La Maison des brasseurs », commander bush, trappiste, savourer des fondues au parmesan ou des croquettes de crevettes, avant de se lécher les doigts d'un civet de lapin à la saint-feuillien. Fumer une pipe de tabac doux acheté rue de la Coupe chez la « Belle Madame Diane », en l'aimable boutique qui sent si bon le miel, la fleur de cigare et les mélanges finement aromatisés. Fumer à petits ronds en contemplant les volutes faire des grâces dans l'air, autour de la haute tour tout enclochetée de l'hôtel de ville.

On les verrait bien se promener à l'aventure par les rues pavées qui montent vers la collégiale Sainte-Waudru, la panse heureuse, le nez levé vers le bruissement argenté des peupliers, les festons en escaliers des frontons.

Rien n'y manque, ni le limonaire des ducasses, ni la blondeur de pain cramique des rondes camusettes, ni même le dragon – le Lumeçon – que, chaque année, la poupée Saint-Georges affronte, le dimanche de la Trinité, dans les ritournelles de carillons.

Et c'est au cœur de ces rues tranquillement parfumées au houblon et à la gaufre que le destin, un jour de coup de folie, lâcha un *serial killer* des plus redoutables, des plus extravagants.

Une manière de mètre étalon de l'assassin en série !

En moins d'une semaine, il imbiba de sang les manchettes de toutes les gazettes du canton : « Le "Vaillant Petit Tailleur" a encore frappé ! » pouvait-on lire chaque jour à l'étal des kiosques à journaux. Car c'est par ce sobriquet à l'humour douteux – qu'il s'était lui-même donné – que le tueur signait ses crimes. Femmes, jeunes filles égorgées, éventrées, tailladées très menu, que l'on retrouvait parsemées aux quatre coins de la ville.

Elles gisaient pourpres jusqu'à l'os avec les intestins retirés et noués en cocardes derrière l'oreille gauche comme des bouquets de fleurs étranges, violacées et rouges.

De surcroît, ce monstrueux puzzle semblait avoir un sens : le tueur ne se contentait pas d'abandonner le cadavre là où il était tombé, mais dépeçait certains morceaux qu'il portait ensuite dans des endroits choisis : une tête sur le parvis de la chapelle Saint-Jean-Baptiste, les seins au pied d'une statue de sainte Agathe, les mains place du Jeu de Paume, une poignée de viscères rue de la Petite-Triperie, et… ruelle aux Quinettes : tout ce qui s'ensuit !

Fallait-il ne voir là qu'une farce macabre, ou bien deviner un message derrière la mise en scène ?

On alla également rechercher parmi les archives l'itinéraire d'une très ancienne procession dont l'assassin paraissait suivre les stations.

La police, sur les dents, patrouillait dans tous les quartiers, ressortait les fichiers, filait les suspects, mais, déconcertée, piétinait. Les médias s'alarmaient, la population, paniquée, se réfugiait derrière les portes cadenassées, les chats miaulaient, le vent hurlait, les volets claquaient, le brouillard s'épaississait… L'atmosphère accumulait les plus épouvantables clichés.

Et le rasoir, sur le fil duquel s'aiguisait un rayon

de lune, lardait une petite imprudente assaillie au détour du passage voûté des Jardins du Maïeur, une autre sous une casemate de la place Nervienne, et celle-ci qui se sauve en criant, en se tordant les pieds dans la ruelle du Noir-Lévrier… mais, trop tard !

Sept d'un coup se trouvèrent ainsi saignées.

Riquet s'inquiétait du sort de Noémia : peut-être une nuit sortirait-elle surveiller l'époux frivole, se faufilerait-elle sur ses traces afin de le surprendre en flagrant délit de fredaines buissonnières. Et alors que, dissimulée dans une encoignure ou sous une haie de thuyas, elle observerait, désespérée, sur l'écran mélodramatique d'une fenêtre éclairée, la silhouette de l'infidèle étreindre l'ombre chinoise d'une gourgandine, le démon l'attaquerait, la découperait…

Au fond de son lit, les Betsoutsous, les Craqueheuheus, les Beûbêus, tous les chevaucheurs de cauchemars sortis de sa houppe, soufflaient par leurs naseaux des images d'effroi : celles de Noémia en débraillé de chair, sa gorge tant aimée serrée par une écharpe de tripes !

Le bon Riquet, dès lors, s'attacha à ses pas, lui servit de chien de garde et vint dîner chaque soir et veiller jusqu'à l'arrivée matinale de Marc. Enfin, quand la première luciole de l'aurore allumait l'ampoule de rosée, il s'en retournait harassé vers sa lugubre demeure en passant par les rues où l'écho s'amuse à dédoubler les pas, où l'ombre se perd à dédoubler les ombres.

Une fois, n'en pouvant plus de tant d'insouciance de la part de Marc, il le tança vertement, lui reprocha son égoïsme, ses tumultueuses galipettes qui mettaient la vie de sa belle en danger.

« Mais que chantes-tu là ? Quelle absurdité ! Que vient faire le Vaillant Petit Tailleur dans tout cela… et puis j'aime Noémia ! protesta le libertin cramoisi de colère qu'on osât le morigéner tel un gamin. Lui, le capitaine Bligh des carabins, l'amiral de tout un équipage médical, seul maître à bord après Dieu, de ce *Bounty* glorieux qu'est une prospère clinique privée… Je l'adore, je l'aime à ma façon. Bien sûr, tu ne peux pas comprendre, toi qui ignores tout de la passion !

« Ah, si tu étais à ma place !… » Et une lueur méchante passa dans ses pâles pupilles.

Riquet, renfrogné, tête baissée, accusa le coup, la houppe de chair à vif. « À sa place ! » Ah, s'il était seulement à sa place !

« Si j'étais à sa place je n'irais pas chercher ailleurs le bonheur que j'ai chez moi.

« Si au moins elle se rendait compte que j'existe. Ah, belle, belle… Inaccessible Noémia, pourquoi suis-je si laid ! »

L'âme spongieuse à force de chagrin, il évoquait Esméralda et Quasimodo, le Vilain Petit Canard et l'image paradisiaque de la Belle caressant, auprès d'une fontaine, le museau hirsute de la Bête mourante… Mais de crinière il n'avait point ; rien qu'un toupet roussâtre et dégarni s'effilochant autour d'oreilles décollées. Il ne possédait pas plus de château magique aux couloirs éclairés par de chimériques porteurs de flambeaux que la carrure, ni les pouvoirs de la Bête, et jamais au grand jamais une fée ne surgirait d'un nuage pour le transformer en prince. Jamais Noémia d'un baiser d'amour sur son nez patateux ne condescendrait à mettre fin au maléfice de sa laideur… Parce qu'on a beau raconter de jolis contes et fariboles au sujet de ces métaphores, la beauté intérieure n'a pas la moindre chance quand son extérieur se boursoufle de pustules…

Il sanglota longuement, pestant contre l'ami traîtreux, contre l'injustice en ce monde, alors que, sous le ciel cristallisé d'étoiles, le tueur tailladait une huitième victime…

Un matin, il s'éveilla, une idée entre les doigts.

Des rêves de baguettes magiques superposées à des faisceaux de bistouris, à des quenouilles de destins n'avaient cessé de mener rondes et sarabandes durant son vague sommeil.

Et, au matin, une idée fleurissait l'oreiller.

Il y a quelque temps encore, il n'aurait jamais pensé trahir le compagnon d'enfance qu'était Marc.

Leur amitié remontait au temps du pensionnat à Tournai, quand une même solitude les avait rapprochés le long des couloirs froids, sous la triste lampe du dortoir, au sein des pluvieux dimanches sans visite.

Et la houppe qui blessait son front, Marc la portait au cœur.

Mais les incartades, les sarcasmes du compagnon déméritant et surtout le rasoir du tailleur venaient de lacérer ses dernières hésitations. Désormais, seul le bonheur de Noémia comptait. Il devait la préserver, la sauver du fer menaçant qui rôdait !

Se déclarer !

Ne plus perdre de temps. Pas plus tard qu'aujourd'hui, il demanderait à Marc…

Tous les petits Esprits familiers de la maison ne cessaient de lui répéter qu'il était fou d'aimer dans le secret et le silence. Fou d'attendre le miracle, d'espérer on ne sait quel cadeau d'inexistantes marraines… Foin des Elfes, du gentil saint Nicolas et du Petit Poucet ! Il ne devait se fier qu'à lui-même. S'il voulait séduire et enlever la belle, ce n'est pas en soupirant, sans rien entreprendre, qu'il y parviendrait. Il devait forcer la Fatalité. Terrasser son daymon de la même façon que le chevalier saint Georges, sur la Grand-Place, l'exécutait chaque dimanche de la Trinité, au son des carillons.

Si les enchanteurs tardaient à se pencher sur

son cas, tardaient à le changer en beau prince de légende, la chirurgie esthétique, elle, le ferait !

Marc n'était-il pas le meilleur dans cette discipline ? Le spécialiste, le Praxitèle du lifting, le Merlin du remodelage… Combien de profils ingrats, de doubles mentons, de joues ridées, de seins et ventres flasques du monde politique, des affaires et du spectacle, n'étaient-ils pas passés sous le scalpel du maestro ?

Déjà il téléphonait, prenait rendez-vous avec un Marc ébahi, le suppliant d'ôter cette houppe exécrée, ce chancre immonde qui le défigurait.

Dans le combiné il y eut un silence, les bruits d'un journal qu'on froissait.

« Bon. Après-demain, si tu y tiens, je te prendrai le soir… »

Il y a quelque temps encore, Riquet n'aurait jamais imaginé trahir son compagnon d'enfance, se servir de ses dons pour le tromper avec sa propre femme, mais désormais, il ne pouvait plus reculer. Marc serait l'instrument de son bonheur, tant pis pour lui, il ne méritait pas Noémia, tandis que lui… il y avait tant de bonté dans son cœur !

Son âme était aussi radieuse que son visage était laid.

« Tu me feras beau, n'est-ce pas ? » avait-il demandé à Marc, d'une voix d'enfant pris en faute.

Il était une fois, un soir…

Riquet à la houppe, qui refoulait ses scrupules sous un sourire figé par la gêne, suivait Marc dans le petit bloc opératoire en sous-sol de la Clinique des Acacias. Ils avaient décidé d'un commun accord d'officier sans témoin, nulle infirmière ne viendrait déranger le cérémonial secret. Riquet avait également insisté pour que Noémia n'en sache rien.

Il était une fois un sous-sol silencieux.

La salle blanche et métallique jetait de froids reflets sans ombre à qui confier son malaise, soulignait implacablement chacun des défauts physiques que Riquet tentait de dérober en se déshabillant, en se couchant sur la table.

Masqué, sanglé par-dessus la blouse immaculée d'un tablier de caoutchouc rouge, ganté, Marc enserra les membres moites de larges courroies de cuir.

La tête maintenue par des sangles et des cales de ouate ligaturées de gaze, sa laideur éclaboussée à cru par l'éclat des néons et l'aveuglante coupole du scialytique, Riquet battit des paupières devant l'éventail des scalpels, pinces, écarteurs, outils glacés et luisants préparés à ses côtés sur l'autel…

Il essaya de plaisanter sous le linceul amidonné du drap, mais la pâleur de sa voix désagrégeait tous les effets comiques.

L'officiant tâta l'inconcevable verrue, les joues ; tira la bouche, pressa le menton et, d'un tiroir, sortit une seringue.

Une seringue qui s'emplit doucement, l'aiguille

buvant à même l'ampoule. La veine du bras fut pincée, piquée et le liquide flua lentement : un, deux, trois, comptait Marc derrière le masque.

Riquet, aussi ligoté et entravé que Gulliver sur la plage de Lilliput, écoutait son cœur mener au galop une chasse harpine d'élus et de damnés, chevauchant des gouffres de ténèbres et de claires vallées d'espoir...

Il entendit son ami déplier le journal et faire la lecture à haute voix, pareil à un papa gâteau lisant un beau conte de fées pour endormir l'enfant et accompagner ses rêves...

DU NOUVEAU DANS L'AFFAIRE
DU « VAILLANT PETIT TAILLEUR »

Le maniaque au rasoir a frappé une nouvelle fois, la nuit dernière, rue Dégrès. C'est en effectuant leur ronde que les agents W. Dejonghe et P. Bodequint ont découvert le corps affreusement mutilé de la jeune Jennifer Fastrez, âgée de treize ans, sauvagement assaillie alors qu'elle revenait du cours d'entraînement hebdomadaire à l'« Artistic-Sporting-Club ». En effet, la jeune enfant encore vêtue de son uniforme de majorette...

La voix de Marc tournait, balayait, s'éloignait, clignotait comme un phare au-delà de la conscience.

« L'assassin a frappé vingt-trois fois... viol... ablation d'organe... » La voix bourdonnait, dérivait... « Un suspect a été aperçu, peu après, alors qu'il tentait d'attirer une autre fillette dans les buissons du couvent des Capucins et... » La voix mourait, s'étiolait... « ... deux témoins ont pu décrire l'homme qu'ils ont courageusement pris en chasse, avant de perdre sa trace... remblais... gare... trop sombre... Nous reproduisons en page 4... le portrait-robot du dépeceur... »

Les yeux de Riquet se fermèrent et le bistouri fendit le front inerte. Le sang suinta proprement le long de la lame, roula un ruisselet aussitôt aspiré par le coton. L'outil trancha les deux joues, laissant deux rondelles bien saines et rouges comme des pommettes peintes sur un visage de poupée... Deux cônes mous tombèrent dans le bassin et le fil expert entailla l'aile du nez, traça une circonvolution majuscule et élégante... Puis, remontant sous le cerne de l'œil, Marc, à l'aide d'une pince, écarta le repli flasque de la chair et insinua le trocart loin dans les graisses...

Il suivait un dessin tracé au crayon bleu sur le visage à remodeler.

Riquet se réveilla avec la sensation d'occuper le corps étranger d'une momie brûlante. Il toucha ses bandelettes sous lesquelles cuisaient les plaies.

« Du calme, tout s'est très bien passé, ne va pas gâcher maintenant ma belle ouvrage ! annonça le maître à la fois satisfait et agacé. Je sais que ton visage semble plongé dans de la cire en fusion, mais ne touche à rien. À rien ! J'ai appliqué un cicatrisant de ma composition qui fait des merveilles. Un peu de patience et bientôt – disons quinze jours –, si tu es raisonnable, nous fêterons ensemble ton profil d'albâtre, la beauté de Narcisse…

« Tu vas rentrer tranquillement chez toi, te mettre au lit. Te reposer. Ne va surtout pas sortir. Je te défends toute source d'anxiété. Détends-toi, dors, écoute de la musique. Les tissus ont besoin de sérénité et d'harmonie pour trouver tout seuls leur place.

« Ça va, bien sûr, au début, te démanger un peu, mais ne t'inquiète pas. Si c'est par trop insupportable, prends un de ces cachets et songe à toutes les femmes que tu vas séduire, à tous les cœurs que tu vas ravager… Et puis, tu peux toujours me joindre au téléphone, si besoin est…

« Sois sage et dans une quinzaine, au soir, sur un écrin de roses, nous présenterons à Noémia le buste parfait du Prince Charmant ! Si tu es sage comme une image… »

Riquet sans houppe avait envie d'étreindre Marc mais la honte de la trahison le retenait. Un instant, il eut envie de tout avouer, de se sauver, de disparaître à jamais… Heureusement que les bandages ne laissaient rien deviner de ses sentiments.

Il était une fois, dans la grande maison de la famille défunte, un fantôme en robe de chambre, au visage de linges blancs…

Un fantôme qui n'en avait que l'apparence car Riquet savait que bientôt, de dessous la cagoule, ainsi que la fleur du bourgeon, jaillirait la beauté du printemps.

Un fantôme solitaire comme tous les fantômes mais pour si peu de temps encore car Riquet savait que bientôt il se déclarerait, tomberait aux genoux de la Belle et s'en ferait aimer.

C'était un conte de fées et, comme dans tous les contes de fées, il restait une épreuve à passer…

Il s'agissait tout simplement d'attendre patiemment que passe le temps.

Mais le temps semblait long. Alors, il le meublait comme il l'avait toujours fait depuis qu'enfant, au seuil des solitudes, les Esprits étaient venus le chercher, l'aider à traverser le hall sonore, les couloirs sans fond, les chambres aux lits moisis et le jardin malade… Jamais ils ne l'avaient quitté : derrière la porte, lovés sur les fauteuils, assis en haut des meubles ou occupés à bavarder dans la bouilloire sur la cuisinière, ils l'attendaient.

C'est à eux qu'il se confiait.

« Jamais je ne vous abandonnerai, je vous le promets… Quand Noémia viendra s'installer ici, elle vous aimera aussi. Ne soyez pas jaloux, au contraire, elle changera vos grises guenilles, vos blouses de poussière, en beaux habits de soie… en collerettes, en jaquettes à boutons d'argent, en gilets à paillettes, en robes de gala… et le jardin guérira… Nous y donnerons de fastueuses fêtes pour vous, pour elle, pour moi… »

Il buvait et mangeait peu : purées, lait, bouillies d'avoine, compotes, avalait avec précaution afin de ne point compromettre la cicatrisation des mâchoires ; suivait à la lettre les instructions, et se sentait maigrir, rajeunir… renaître.

« Gentil miroir, suis-je désormais le plus beau du royaume ? » plaisantait-il, contemplant son reflet emmailloté.

Que dirait-elle lorsque, papillon, il sortirait de la monstrueuse chrysalide et apparaîtrait dans la lumière ? Lorsque la squameuse dépouille du Froschkönig tomberait et révélerait le prince des Aurores ? Fi de la Carabosse qui l'avait affublé de ce bulbeux cancer, déraciné, raclé par le scalpel ! Haro sur la sorcière !

Toutefois, parfois, il tressaillait de peur en songeant au Tailladeur de la nuit rôdant le rasoir à la main. Il se réveillait au taillant d'un cauchemar et, dressé en sursaut – ombre pâle parmi les draps –, écoutait un pas, aussi lancinant qu'un nerf à l'affût dans l'abcès, menacer le sommeil d'une bourgade inquiète…

Avait-on fini par l'attraper, ce Vilain Petit Tailleur ?

Il n'osait sortir acheter des journaux et s'informer des suites de l'enquête. Marc s'était montré à ce sujet intransigeant – « surtout pas d'émotions violentes, surtout pas de soucis ».

Aussi il s'obligeait à dominer ses tourments, à chasser les mauvaises pensées… Et, installé dans la véranda derrière les vitres grises et la treille desséchée, il aspirait aux lendemains heureux.

Sage comme une image…

Les jours furent longs et les soirées très longues, mais ce jeûne et cette retraite forcée lui apparaissaient, en fin de compte, pareils à une sorte de gestation mystique, de méditation chevaleresque que s'inflige le preux, à la veille de courir quête courtoise et aventure.

Et puis, de longs jours en longs jours, Riquet sentait sous les pansements les muscles faciaux se ressouder, s'étendre sous la peau en une lisse et sage image ; et les démangeaisons, les picotements, lui semblaient autant d'aériens attouchements prodigués par les soins d'Elfes bénéfiques. Et il se surprenait à fredonner, à inviter la ronde des Esprits à danser avec lui…

Il voyait dans l'effeuillement des pages du calendrier étalées sur la table toutes les belles cartes d'un tarot annonçant sa bonne fortune auprès de la Reine de Cœur !

Enfin, à l'aube du quinzième matin, devant la glace de la salle de bains, il trancha d'un coup de ciseau fébrile la première bande de son masque.

Il avait décliné l'aide de Marc. Riquet voulait être seul à découvrir le spectacle de la métamorphose. Seul pour savourer l'instant émerveillé de la mue. Il arriverait chez eux le visage lisse, lavé, pur. Personne n'assisterait à ses tremblantes hésitations, à ses grimaces en déchirant les gazes, les sparadraps collés à l'épiderme. Il refusait d'apparaître congestionné et croûteux.

Et si c'était raté ? Et si les méchants démons de ses jeux enfantins lui avaient, une fois de plus, joué un méchant tour ?

Si c'était raté, il descendrait à la cave et, en compagnie de ces Esprits, mettrait fin à ses jours.

Les ciseaux coupaient avec des cliquetis secs accompagnés de froissements de tissus déchirés. Soyeusement, le masque de rubans déroulait ses guirlandes sur le tapis.

Apparut une ondoyante et épaisse toison brune... Un front immaculé, barré par les arcs parfaitement symétriques des sourcils... Deux prunelles inchangées mais qui pétillaient dorénavant dans l'étui de paupières en amande... Un nez droit, copié, semblait-il, au divin profil d'un David... Un visage à l'ovale gracieusement ciselé qu'éclairait le sourire d'une bouche sensuelle... Un menton piqué d'une spirituelle fossette...

« Pigmentation réussie... Opération réussie ! »

Il se mira de près, de loin. Inspecta les détails, tâta, suivit le contour de chaque ligne, caressa le satin des pommettes… baisa son reflet… Rit. Gloussa. Se coiffa. Prit des poses, et, ravi, pirouetta en saluant très bas l'assemblée subjuguée des Esprits.

« Noémia, me voilà ! »

Riquet eut bien du mal à attendre le soir, impatient qu'il était de bondir jusqu'à la bien-aimée. Il n'osait y croire et, tout en se préparant, se parant, se pommadant, passait de miroir en miroir sans jamais se lasser de s'y voir.

Moulé d'un smoking cintré, cape doublée de satin rouge, chapeau haut-de-forme et rose à la boutonnière, il courut plus qu'il ne marcha jusqu'à la haute demeure empigeonnée de frises gothiques à la mode flamande.

D'un saut de cerf, il gravit les degrés et actionna le pied de biche de la grande maison dont les fenêtres, penchées par-dessus leurs balcons, observaient l'excité s'essayer à des pas de claquettes sur la pierre du perron.

On n'ouvrit pas tout de suite.

En fait, on n'ouvrit pas du tout…

Riquet sonna et retintinnabula avec autant d'acharnement qu'un frère Jacques fanatique rameutant des ouailles dolentes aux matines.

Il était dix-neuf heures trente. On devait l'attendre ; il avait pris soin d'annoncer à Marc son arrivée.

La porte était entrebâillée…

Peut-être se tenaient-ils dans la salle à manger, peut-être préparaient-ils une surprise afin de fêter l'événement : un gâteau, des guirlandes, du champagne. Il apportait lui-même un magnum millésimé et une pâtisserie tout en crème et en massepain surmontée de profiteroles. Mais non, ils n'avaient rien dû prévoir de ce genre puisque Noémia ignorait encore tout de la secrète transfiguration.

C'était une surprise…

Sur la pointe des pieds il pénétra sans bruit, aussi furtif qu'une souris, dans le hall sombre ; se débarrassa des paquets pour se faufiler au salon, la main sur la bouche, comprimant un fou rire.

Il allait les surprendre, ils allaient sursauter…

Riquet retarda l'instant, gardant son bonheur en bouche, dégustant d'avance le lumineux étonnement qu'exprimerait le visage de l'aimée quand surgirait de nulle part ce bel inconnu…

Comme dans le conte : « Quand il apparut, à ses yeux, l'homme du monde le plus beau, le mieux fait et le plus aimable qu'elle eût jamais vu… »

Tout est beau dans ce que l'on aime,
Tout ce qu'on aime a de l'esprit

et d'une volée, Riquet poussa la porte…

Il n'y avait personne. Rien d'autre qu'une carte

sur le guéridon. Un petit bristol blanc happé de la pénombre par le froid faisceau oblique d'une applique. Il reconnut l'écriture en hiéroglyphes médicaux de Marc. Ça lui était adressé. Deux, trois vers de mirliton qui lui fauchèrent les jambes :

Pauvre Riquet, lut-il…
Je sais pourquoi tu as voulu que je t'opère
Tu n'aurais pas dû, mon frère.
À ton vilain tour
Je réponds à mon tour.
Tu voulais Noémia
La voilà…
Tralala…

Et le « tralala » le poursuivait de son rire cruel, allait de ses griffes chercher au plus enfoui des placards les pires images, les pires pressentiments…

« Marc ! cria-t-il. Pardonne-moi… »

Mais il devinait que les images qu'avec sauvagerie les daymons lui projetaient sur les murs étaient les ombres de ce qu'il trouverait en haut.

« Noémia ! » cria-t-il encore, aspiré vers la spirale vertigineuse des escaliers empourprée par les vitraux de la verrière.

Elle l'attendait bel et bien, sur le lit, égorgée, tailladée, les intestins disposés en collier autour de son blanc cou de cygne…

Riquet s'effondra sur le cadavre, mêlant ses larmes au sang. Il étreignit le corps distant dans sa raideur, embrassa les lèvres exsangues, refléta son visage de prince charmant dans les prunelles glacées…

La Belle Dormante ne se réveilla pas.

À terre gisait un rasoir, machinalement il le saisit. Hébété. Traversa les couloirs, le vestibule, en hurlant de chagrin et d'horreur…

Il se cogna à la grille, aux façades de la rue, au vent fou du dehors…

Tituba, l'arme haute, cria sa peine aux passants qui se sauvaient, appelaient à l'aide, à la maréchaussée !

Puis s'arrêta, soudainement dégrisé, devant l'étal d'un marchand de journaux.

Là, sur l'éventail du kiosque, s'étalait son visage en myriades d'exemplaires.

Le portrait-robot du Vaillant Petit Tailleur que, dans sa chair, Marc, avec tout son art, avait soigneusement incrusté…

Cendrillon

Elle promit à sa marraine qu'elle ne manquerait pas de sortir du bal avant minuit.

CHARLES PERRAULT

Il était une fois une petite cucendron que l'on avait surnommée Cendrillon parce que, dormant dans la cendre, elle était cendrillonneuse de la tête aux pieds. Sa mère – un peu fée –, morte bien des années auparavant, l'avait laissée aux bons soins de son père qui, remarié, mourut ensuite en la laissant aux mauvais soins d'une marâtre et de ses deux pimbêches de filles, méchantes et noires de cœur.

Dans la grande maison rebiquée d'échauguettes pointues où, par les volées d'escaliers et les claires enfilades de salons, résonnaient autrefois les cantilènes et douces berceuses de la mère – un peu fée – à son gai caprichon trottinant, on n'entendait plus désormais que mielleuses flatteries par-dessus et fielleuses médisances par-dessous et, surtout,

surtout, les cris de disputes, les menaces, les ordres, les claquements de taloches que l'infernal trio de harpies faisait pleuvoir sur la pauvre cendreuse souillon.

Cadette, Cendrillon servait de bonne à tout faire aux trois péronnelles ainsi que de victime innocente de jeux sexuels et déviants : elles l'obligeaient à trier, par terre, les lentilles, sans culotte, court vêtue d'une noire jupe plissée et d'un tablier blanc, sous les yeux de vieux oncles qui venaient le jeudi soir souper.

Et souventes fois elles la pinçaient, ou lui donnaient du martinet.

Levée au chant du coq, elle se couchait à celui du hibou.

Du fond de l'âtre noir que hantaient les Marluzennes, les Gendebises, les Rougebecs, les Croquemitaines du vent, elle s'extirpait à peine de ses gris draps de lit de cendre, que déjà elles l'appelaient, agitaient sonnettes et férules… Sans prendre le temps de se décendrillonner, cendreuse de la tête aux pieds, elle s'affairait à beurrer les tartines, moudre le café, griller les craquelins, citronner les confitures, redorer les brioches, astiquer les bols et la petite cuiller d'argent, plier les serviettes et monter les plateaux… puis tendre la joue à la gifle du matin car l'œuf coque n'était pas cuit à point.

Ensuite, elle redescendait à la buanderie bouillonner la lessive, savonner les draps, courait sur le pré les étendre à blanchir. La bouche pleine de pinces à linge, elle parvenait encore à accompagner d'une jolie voix, semblable à celle de sa mère – un peu fée –, le ramage des pinsons, des mésanges, des oiseaux venus à tire-d'aile en gazouillant l'aider.

Mais dès que le chat approchait, ils s'envolaient…

Et comme derrière le chat venaient les sorcières, elle se taisait…

Et montait faire les chambres, vider les vases de nuit, battre les matelas, aérer ou changer la literie, secouer les traversins, les oreillers, les couettes, les courtepointes, inspecter les plis, traquer la pointe de duvet qui pique à travers, écraser les moustiques.

Quand le cartel écartelait les minutes restantes avant l'heure du grand nettoyage, elle sautait sur le balai, la brosse de chiendent, la ramounette à ramouner dans les coins, la serpillière, le seau et le savon noir, et s'échinait à transformer le carrelage en miroir dont la marâtre – y jaugeant son reflet – venait vérifier le tain.

Mais c'était l'heure du marché !

Mais c'était l'heure du dîner !

D'éplucher les carottes, les navets, d'écosser les pois, d'égrappiller les groseilles, de laver la salade, barder, ailler, enfourner le rôti. De monter une sauce, de ciseler les herbes, de peler à vif, de lever les blancs, de flamber, de hacher, de déglacer, et aussi de pleurer sur les oignons, de se couper, de se brûler, de gâcher une brunoise… avant de se retrouver troussée jusqu'en haut à mordre un coin de table en recevant une raclée de trois paires de mains perfidement baguées.

Déjà deux heures ! C'est l'heure de préparer ces dames et demoiselles pour la sortie. Les savonner partout, les essuyer, les talquer, les masser, les pouponner, les peigner, les vêtir, les regarder s'éloigner, le genou plié, en révérence…

Et la vaisselle qui l'attend, et les piles de linge à repasser, et les chausses d'hiver à ravauder, et tous ces gants à repriser… et le repas du soir à préparer et les lentilles à trier… et les lits à réchauffer… et les bougies à moucher…

Avant, silencieusement, sans faire de bruit, sans que grince le parquet, d'émietter les restes de gâteaux et de désamorcer tous les pièges à souris…

Vivement minuit et sa couche de cendre dans laquelle, pareilles à des étoiles amies, brillent quelques braises tardives…

On sait ce que les phénomènes paranormaux peuvent engendrer de dégâts lorsque des adolescentines malmenées les libèrent. Heureusement ou tant pis. Cendrillon – de nature aussi simple que l'alouette – endurait sans se vicier l'âme d'aucune sorte et ne déplaça jamais ne serait-ce qu'un brindillon de plumule par poltergeist ou autre prodige télékinésique. Elle balayait ses peines en même temps que les nounous. Mais les cœurs d'alouette, même les plus légers, s'alourdissent à force de pluies de plomb…

Cloîtrée en sa cuisine tandis que les autres batifolaient dans les prairies et les pâquis, sautaient les échaliers en saison ou se rendaient à des thés fins, à des goûters en autre saison, la pauvre pâlichonne enfant s'anémia nerveusement sous les cendres et un jour ne sourit même plus aux trilles des petits passereaux ni aux tssssk-tssssk moustachus des primesautières souris accourues de leurs nids s'essayer à la distraire de mille billevesées, imitations des trois pécores et joyeux coupérous.

Elle passa du triste au très triste de la même façon que l'automne passe à l'hiver en perdant ses ultimes rayons.

Or, une fois…

C'est en astiquant les cuivres, la fenêtre ouverte sur la place du village, qu'elle apprit comme tout le monde, par le claironnage du héraut chamarré de service, que le fils du Roi donnait un bal de rencontre avec fiançailles – et mariage possible – si entente.

Toutes les jeunes filles du pays, des hameaux alentour, y étaient galamment conviées : tralalas, falbalas et toilettes de soirée exigés !

Une moustille d'émotion vint légèrement affluer vers ses joues. Sous la cendronneuse carapace, Cendrillon avait un cœur. Elle l'entendit pianoter un allegro un tantinet désordonné avant de reprendre un tic-tac régulier – trop régulier – résigné ! En fait, il fallait que ça change ! Pourquoi ne pas tenter sa chance ? C'est vrai, pourquoi ?

Pourquoi ? se demandaient les oiseaux. Pourquoi ? s'interrogeaient les souris. Pourquôââ ? les corbeaux. Pourquôôaââ pâs ? les grenouilles de la mare voisine.

Cendrillon est si jolie !

Le reflet luniforme dans la bouilloire lustrée lui montra qu'elle « était telle la parhélie d'une princesse de contes », lui apprit que si elle soulevait ses cheveux en chignon et époussetait ses couettes cendreuses elle révélerait ainsi un minois gracieux, et pas piqué des hannetons – comme disait un de ses oncles qui, le jeudi, venait la voir trier les lentilles avec son slip ajourné et son bonichon.

En coupant un vieux rideau fané du grenier pour y tailler une robe rafistolée aux chus de dentelles, ne serait-elle point à point ?

Un abat-jour défraîchi pour chapeau, la taille sanglée par du ruban à bonbons !

Elle essaierait de dérober une once de fard, du bleu à paupières, peut-être un peigne orné aux pimpesouées…

Les bégonias du jardin tresseraient un diadème fort seyant sur son front de blanche biche.

Pourquoi pas !

Elle avait deux jours et une nuit pour s'apprêter. Avec des prières à sa mère – un peu fée –, gageons qu'elle y parviendrait…

Ah là là ! Elles lui donnèrent le double, le triple de travail car les drôlesses voulaient aussi se mettre en beauté pour la soirée où elles pensaient bien mener le menuet et le prince par le bout du nez afin qu'il les épouse en faste, refaste, pic et pic et colléfaste !

« Cendrillon, viens me lacer !

– Cendrillon, apporte-moi ma guêpière mauve, la balconnée !

– Cendrillon, as-tu repassé mon cambre-giron ?

– Cendrillon, le thé est-il prêt ?

– Cendrillon, les lentilles ! !

– Cendrillon, il y a de la poussière sur le buffet ! »

Et Cendrillon par-ci, et Cendrillon par-là. Dépêche-toi, Cendrillon ! Où es-tu, Cendrillon ? Que fais-tu ? Mais tu dors, petite gourde, secoue-toi à la fin ! Te voici encore en train de rêvasser. Cendrillon, réponds !

Jamais elle ne serait prête ! Que voulez-vous faire lorsqu'on n'a pas une minute à soi ! À peine trouvait-elle le temps, entre deux souffles, d'enfiler son fil dans le chas de l'aiguille que déjà trois voix l'appelaient de trois côtés différents à la fois, sur trois étages, avec autant d'impatience toutes les trois !

Et après tout le travail du jour, il y avait la vaisselle à empiler, le linge à repriser, à plier, à ranger…

À l'aube, quand ses pauvres yeux enchifrenés de sommeil pouvaient enfin se poser sur sa broderie, le coq chantait et les trois voix réclamaient le déjeuner !

Impossible, vous dis-je, impossible de coudre, même un bouton.

Filage et faufilage, lavage, ponçage, séchage et repassage… et la cuisine, la soupe, le bœuf à l'estragon, les macarons, le sabayon, les œufs en neige et trop souvent les profiteroles à cinq heures lorsqu'un oncle accourait à l'improviste réclamer un supplément de triage.

« Cendrillon, en tenue ! Voici votre plat de lentilles. » Et la marâtre bottée, avec une badine, zébrait au sang sa fesse à croupetons quand le tonton ronchon trouvait le travail mollasson.

Cependant, pendant ce temps, les oiseaux du ciel, lcs souris des parquets travaillaient pour elle, car la petite faune n'est pas en reste de reconnaissance si l'on montre pour elle de la bonté.

Les pies par les lucarnes entrebâillées picoraient des perles de jais, les geais par les champs d'or d'août cueillaient au plus beau blé l'épi ; les sansonnets à leurs propres ailes empruntaient la pailletine, les merles le long des allées becquetaient les écus de l'aurore. Le roitelet montait au ciel quérir la marceline des nuages et l'hirondelle loin, loin, traversait les rives incertaines et, plus loin encore, allait dévider le lin de lune à la quenouille des fées…

Et les souris, si grises et si petites, qui connaissent comme leur poche les profonds corridors, descendaient plus profondément que le royaume des taupes, jusqu'aux forges souterraines, aux orfèvreries des Gnomes leur troquer des lueurs de jour contre des éclats de trésor.

Et brin par brin, chippe par chippe, chiquettes à miettes, dans la cheminée, cousue par les soyeuses araignées, une parure se tissait…

… Bien sûr, à la mode de chez elles.

Ce jour-là vint enfin…

Et ce jour-là, Anastasie, Javotte et Madame furent insupportables, allant jusqu'à la talocher, la pincer, la mordre, lui tirer les cheveux plus de cent fois par heure.

A-t-on déjà vu ça, tant de méchanceté dépensée en une journée ? Comment peut-on avancer dans son travail et soigneusement l'accomplir s'il faut dans le même temps gaufrer le hennin de l'une, godronner à plis empesés les manchettes de l'autre, poser sur une gorge trop fripée des mouches de la « bonne faiseuse », peigner, passementer, ourler le marli, cintrer la guipure, serrer le vertugadin, placer les faux culs, agrafer, ragrafer, dresser les cornettes à cinq rangs, plisser les fraises, amidonner les collerettes en dentelles de Bruges et de Valenciennes tout en esquivant les margnoufles, les nasardes, les chiquenaudes et les attaques des doigts onguiformes.

Et, lorsqu'un lacet se rompait, qu'un fil cassait, qu'une breloque tombait des lourdes prétintailles, tout était à recommencer !

La chair cendrillonneuse virait au bleuet, au violacé, aux teintes d'anémone.

Mais…

À l'instant où, sur le point de sortir, se miraient les coquettes si corsetées, caparaçonnées, emperruquées, laquées, décorées, emplumées qu'elles pouvaient à peine bouger, Cendrillon, avec la légèreté d'un papillon, s'éclipsa se changer…

Le temps d'un battement de paupières pour se dénuder.

Un autre pour se décucendronner.

Et sur ses épaules, tomba de la cheminée sa robe de mariée…

C'était fort peu de chose, à peine achevé et assemblé à hue et à dia dans un esthétisme de tégénaires, de souris et de petits oiseaux, mais il ne faut pas oublier qu'il y avait dans tout cela de la magie, des points d'amour d'herbes à sept coutures, du jetin de soie de Féerie, des fils de buratine du châle de Mélusine… et, au contact de Cendrillon, les tulles se mirent à resplendir. Quand elle descendit rejoindre, dans le hall d'entrée, les trois femmes…

Elles en restèrent muettes…

L'orbe cristallin du grand lustre enveloppait de ses ondes amoureuses chaque pas de la belle, ensuivait d'une traîne étoilée la démarche de princesse – miraculeusement retrouvée par la grâce des Jadis –, satinait la peau mal dissimulée sous la fine étoffe cousue de guingois.

Tant de pulpeuse innocence, de charmes timides – disons de troublantes beautés – jaillis d'un seul coup là où l'on ne l'attendait pas fit rugir le trio de surprise et de rage.

Elles se ruèrent dessus, les serres levées, la langue bifide, le croc aiguisé afin de déchirer, piétiner, effacer, gommer cette injurieuse image qui, effrontément, osait les narguer.

« Voyez-vous cela, cette souillon qui aspirerait à voler notre place !

– Voyez-vous cela, cette traînée…

– Cette moins que rien qu'on a eu la bonté de recueillir, de nourrir, et qui vous poignarde dans le dos : voyez comme on en est remerciées ! »

La beauté appartient à l'élite : l'élite foula, cingla, ongla, chiffonna celle de Cendrillon, l'étouffa sous les cendres.

À travers ses sanglots, elle entendit à peine le coche emmener ses bourrelles vers les feux du palais. La veilleuse du couloir éteinte éclairait sa gracile nudité, prostrée parmi les pétales en loques…

Elle se traîna à l'office, jusqu'à la cheminée, afin de se jeter dans le puits noir de cendres et, devant l'âtre, heurta sa marraine, Éloïse Lafée.

Éloïse Lafée, sulfureusement auréolée d'un passé – pas si passé – fort chargé de prétentaines, incorrigible coquine, infatigable entremetteuse, un peu couturière, un tantinet modiste, un chouia chiromancienne – une artiste ! – qui venait bien à point emprunter une once de tarlatane pour un amour de cache-sexe qu'elle s'était toquée de se confectionner... à des fins gardées sous silence...

« Eh bien, ma fifille, dis donc tout à ta tata ; qu'as-tu ? demanda-t-elle, soudainement effarée par la pâleur de Cendrillon. Eh bien quoi ? » Elle releva la hagarde, la tapota, lui inhala une eau de mélisse quelconque qui la remit d'aplomb, et sourit...

« Mais ce n'est mie, ma chouchouillette, nous allons arranger fissa tout cela ! rit-elle dès qu'elle eut tout ouï. J'ai justement là dans ma malle un de ces trucs inouïs : une gourmandise de fruit confit ! Un pétaradant dosage qui, crois-moi, boute le feu au canon ; ne peut qu'enflammer un hussard et rétamer un prince !

« Vois, c'est une parure de danseuse nue qu'on n'enfile qu'à la toute fin du bouquet final. Une estocade à l'apoplexie...

« Je te laisse l'essayer.

« Tu passes ta jambe là, c'est tout. Il n'y a pas de bouton.

« Magnifique, tu es plus belle encore que ta

mère, et ce n'est pas peu dire. Ah ! si ta maman avait voulu ! Si elle m'avait écoutée au lieu d'épouser ce nigaud qui t'a laissée ainsi…

« Enfin !

« Va, va t'amuser, ma chérie, va donc séduire ton prince et ravager la galerie – comme elle est charmante, cette enfant, et sans malice. Va faire mourir de jalousie ces bagasses pommadées…

« Voici cent sous pour le taxi.

« Mais…

« Mais, attention !

« Écoute-moi bien, Cendrillon. Va, mais reviens à minuit. À minuit tapant car l'artiste-étoile à qui appartient ce "tradéridera" passe en spectacle à minuit trente, le temps qu'elle se change, vois-tu… pas de blague, j'aurais des ennuis !

– Oh ! merci tantine. À minuit, je serai là. C'est promis. » Et voilà Cendrillon moulée dans sa gaze sexy qui fait rougir les araignées, les oiseaux et les petites souris accourus lui souhaiter bonne chance et le Hosenteufel aussi.

Et la voilà partie…

« À minuit !

– À minuit ! » crie-t-elle, en achevant de lacer ses chaussons de vair que lui a légués avant de s'éteindre sa mère – un peu fée…

Elle profite qu'un taxi, en l'apercevant, pile net contre un réverbère pour lui demander de l'emmener.

« Au bal, monsieur, s'il vous plaît. »

Et, cramponné au volant, l'œil hypnotisé par le rétroviseur, en zigzag, le chauffeur monte, monte, monte vers le château posé sur la colline comme une boîte à musique enrubannée.

« Annoncez la princesse de Clèves », murmure-t-elle au chambellan tout proboscidien et empourpré.

Elle est entrée… Et, vous savez, comme dans le conte, l'orchestre s'est arrêté de jouer, les cordes se sont tendues sur les archets, les cuivres ont dégluti, les cymbales ont fondu, les peaux de tambour sont devenues toutes moites, le triangle s'est évanoui… On a entendu des carafes et des verres se briser, le champagne s'éventer et les mâchoires du prince heurter le parquet…

Cendrillon a souri…

… Et doucement, lentement, comme on remonte la mécanique d'un automate légèrement détraqué, tout s'est remis plus ou moins bien à tourner.

C'est vrai que le prince a dansé avec elle toute la nuit. C'est vrai que la cour et les invités, que les gens qui n'avaient d'yeux que pour eux, murmuraient dans leur dos. C'est vrai que les méchantes péronnelles en étaient bien punies. En fait, cette histoire de Cendrillon-ci est presque semblable à l'original. Elle était heureuse dans ses bras ; ils valsaient, valsaient, valsaient sans toucher terre. Le monde entier eût pu se figer, ils auraient continué de valser.

Leur idylle prit une saveur d'éternité lorsque la lune éclaira le balcon – leur balcon – où le prince et la future princesse, disait-on déjà, s'étaient réfugiés.

« Mettez une pute dans un costume de pute, ça ne fera guère d'effet. Une bonne sœur dans un costume de bonne sœur, pas plus : du beurre plus du beurre, ça n'a jamais donné de fromage », enseignait toujours aussi judicieusement tante Éloïse Lafée que l'on disait très qualifiée sur ces délicats sujets…

« Par contre, mû soudain par une inspiration libertine – tout à fait louable d'ailleurs –, échangez les costumes et vous obtiendrez un résultat absolument différent et des plus profitables ! Ainsi, collez un confetti de strass noir à une enfant de Marie et soyez certain que la réaction ne se fera guère attendre ! »

Ce petit discours choisi à la volette parmi l'éventail de ses propos pour tenter d'expliquer – sans l'excuser, il va sans dire – l'attitude du prince lorsqu'il se retrouva collé à la candide enfant revêtue de ses fessus atours.

« Mais !… mais Majesté, que faites-vous ? » s'effraya Cendrillon quand le couronné lubrique l'entraîna à travers d'innombrables couloirs, de leur balcon entrelacé d'odorantes glycines... sur sa couche...

Cendrillon était toute faite de candeur.

Elle ignorait tout, absolument tout de tout. Si sa belle-mère lui ordonnait de trier les lentilles, elle n'y voyait là qu'une corvée de plus et jamais ne se retourna vers ses oncles qui, derrière, en compagnie des demoiselles, lorgnaient l'inconfortable position.

Aussi Cendrillon eut peur quand le prince devint laid, très peur, d'autant plus qu'elle entendait sonner minuit... Il fallait qu'elle s'en aille... qu'elle parte tout de suite !

Au sixième coup, elle s'affola car le prince, couché sur elle, l'étouffait, pesait de tout son poids, soufflait, transpirait... déchirait son bel habit, le bel habit que sa marraine avait pris tant de peine à si joliment élaborer, coudre et galonner.

Elle voulut crier mais une bouche flasque vint se coller à la sienne, et une langue longue et aussi sournoise qu'un serpent se mit à se tortiller au fond de son gosier.

Bing ! Bing ! Bing ! et les coups tombaient de la tour, déversaient une pluie de fer qui éclaboussait le lit, les draps, et rebondissait dans sa tête.

« Lâchez-moi ! Vous me faites mal ! »

Mais... Mais il la déshabillait ? ! Que faisait-il ? Il la tétait comme un bébé... et – oh ! – voilà que maintenant il agriffait sa touffette fonfonnière « que si on la touche on meurt » !

En tremblant, ses doigts tâtonnèrent le manche de la dague de parade que le prince portait à la ceinture tandis qu'un autre poignard – croyait-elle – menaçait de l'éventrer...

Dans l'éclatement du douzième coup de minuit, le duel s'accomplit rapidement... La lame folle frappa douze fois la casaque princière aux dorures éclaboussées...

Alertés par les cris, ils vinrent tous envahir la chambre... Le prince héritier dans ses brandebourgs sanguinolents regardait le grand dais du baldaquin se ternir...

« Il est mort, madame, annonça le médecin à la Reine.

– Je la veux vivante ! » hurla-t-elle en désignant la fenêtre ouverte par laquelle Cendrillon avait fui.

Un homme mince et pâle, vêtu avec recherche d'un camaïeu de mauve, ramassa discrètement, perdue sous un fauteuil, une pantoufle de vair qu'il glissa dans sa poche.

Il s'appelait C. Marmaduke Perthwee ; c'était un jeune détective un peu fantasque, « d'une vive intelligence, mais sans doute de nature trop sensible et trop irrationnelle pour le genre de travail que demande le Yard », disaient de lui ses supérieurs.

« C'est un idéaliste !

– Et savez-vous qu'il croit aux fées ! » renchérissaient, en se gaussant, ses collègues.

On se déchargea de l'épineuse affaire en lui confiant l'enquête qui n'aboutit jamais car la jeune fille, identifiée et soupçonnée pour le meurtre d'un prince, put prouver qu'à minuit elle se trouvait – chez sa belle-mère – à vingt-huit kilomètres de distance du lieu du crime, auprès de sa marraine et d'une célèbre danseuse de music-hall accompagnée de son protecteur – homme influent au demeurant – qui témoignèrent tous en sa faveur.

Scotland Yard classa l'affaire. Perthwee, un sourire rêveur sur les lèvres, aussi.

« Savez-vous, cher, demanda Perthwcc quelques semaines plus tard à son compagnon et biographe Roger Ackroyd, alors qu'ils lisaient et fumaillaient tous deux dans leur coquet, quoique petit appartement de Portobello Road, combien de kilomètres font une lieue, bel ami ?

– Hum, quatre kilomètres environ, je crois bien.

– Exact… Et sept lieues font donc ?

– Ma foi… vingt-huit kilomètres.

– Vingt-huit kilomètres ! vous avez raison, cher

Ackroyd. À propos, avez-vous déjà vu une pantoufle de sept lieues ? Celle-ci est en vair… Soupesez-la, elle est aussi légère que l'air.

« Une fois chaussée, en deux enjambées, on peut aller loin, si loin, si loin, et en si peu de temps.

« Vous ne pourriez pas comprendre, Ackroyd, mais j'ai tant de tendresse pour les enfants des fées… »

Et Perthwee jeta le chausson de Cendrillon dans l'âtre où les flammes changent les preuves en cendres…

… en cendres heureuses ?…

Le conte de l'amandier

Ma mère m'a tué ;
Mon père m'a mangé ;
Ma sœurette Marlène
A pris bien de la peine
Pour recueillir mes os jetés
Dessous la table, et les nouer
Dans son foulard brodé
Qu'elle a enfoui sous l'amandier.

GRIMM

Il était une fois une vieille dame de fort méchante humeur. Et il y avait de quoi, ruminait-elle. Elle était toute prête à partir à la fête de charité du pasteur. Elle étrennait une nouvelle robe à collerette de fines dentelles, un chapeau capeline dont elle n'était pas peu fière et comme toujours Alistair se faisait attendre. Ils allaient être en retard, mal placés, et elle ne pourrait pas faire l'entrée remarquée qu'elle escomptait. Pendant qu'elle s'apprêtait et se poudrait, il lui avait lancé un « J'en ai pour une seconde, *honey* ! » et il avait disparu. Que pouvait-il donc fabriquer ? Avait-il comme à l'accoutumée des difficultés à retrouver ses boutons de manchettes, à nouer sa cravate, à rebiquer ses moustaches ? Tout lui était bon pour traîner, pour l'énerver. Décidément, on ne pouvait pas compter sur lui. Qu'on vienne une fois seulement lui en remontrer sur l'exactitude des Britanniques. Elle leur rirait au nez ! Pour une des rares fois qu'il daignait la sortir ! Pensez donc, quatre fois dans l'année. La traditionnelle ouverture de Hidcote Manor Garden en avril, la fermeture de Snowshill Manor le 29 octobre, quand les allées sont pourpres, le concours de roses de Stourton House Flower Garden, celui des rhododendrons à Horne Park Gardens et, parfois, exceptionnellement, quelques bienséantes parties comme celle-ci. Si toutefois ils parvenaient à se mettre en route…

Déjà six heures moins vingt, hurlaient à l'unisson les angelots de la pendule… et les portes s'ouvraient à cinq heures ! Un retard inacceptable, sourcillerait le parterre des médisantes dont elle devinait déjà les acides sous-entendus, d'autant plus qu'étant donné ses origines, c'était sur sa tête de Française évaporée et oh-là-là que ça retomberait, malgré ses cheveux gris, et non sur l'adorable et si pondéré Alistair.

Mais où était-il passé ? Avait-il fait un malaise ? À moins qu'au garage il ne soit occupé à convaincre l'antique et rétive Léa-Francis de tourner. Il ne manquerait plus que la guimbarde refusât d'avancer. Combien de fois l'avait-elle déjà prié de s'en débarrasser. Mais il y tenait, hormis son amandier, plus que tout au monde – elle-même sans illusion faisant partie de ce monde… *L'Almond Tree !*

Un discret bruit de sécateur brusquement décrypté par une fenêtre entrouverte lui fit soudain flamboyer un afflux de sang rageur aux joues.

Non, ce n'était quand même pas possible ! Il n'aurait pas osé lui faire ça… Et avec son seul bon smoking !

Si. Il avait osé. Alistair, à genoux dans la terre, coupait des ramilles, taillait les gourmands d'un arbre en bourgeons en le couvant d'un regard virgilien.

Le cri de Walkyrie que Léonie poussa le surprit avec tant de violence qu'il lâcha l'outil et s'entailla gravement la main. Le pantalon boueux, le plastron ensanglanté, se tenant la paume qui se vidait par jets, le jardinier courut, en gémissant, maculer les tapis de la maison.

Le médecin appelé poinçonna trois points de suture au blessé et Mrs. Léonie Winkworth née Marcillac rangea chapeau et toilette d'été. C'est par cette douce et prometteuse soirée de juin qu'elle décida de le tuer – ce soir qui aurait dû se passer à glisser des plateaux de toasts aux concombres, de sherry et whiskies-soda, entre deux valses lentes, recettes de marmelades d'orange, techniques de points de croix et badins cancans. Elle n'en demandait pas plus. Une soirée où il l'aurait fait danser, le temps d'un souvenir de griserie ; un sourire, même un peu éventé, mais qui permet d'alimenter de friselis le long canal figé d'une monotone année… Elle avait dû l'enclore parmi bien d'autres au fond de l'armoire à déceptions où, sous les piles de mouchoirs, s'étouffent les souvenirs et les photos jaunies.

L'une d'elles : un cliché sépia les montrait en mariés auréolés de tendres espérances malgré la pose guindée…

Il était une fois un autrefois… il y a bien longtemps, au cœur des collines bleues d'Auvergne quand Léonie gardait les moutons. Assise sous le pommier en fleur, elle chantait d'un joli filet de voix de merlette quelque chose comme :

Petita Marguetou
lo gardava las oueilla,
Mignouna, la boureya violeta,
lo gardava las oueilla,
las oueilla, los moutous.

Quand le jeune Alistair Winkworth l'aperçut, le front sauvageon ceint d'une couronne de trèfles, dévidant son fil à repriser telle la quenouille des destins, ses longues boucles noires déployées sur les épaules cuivrées, le lin du corsage collé par la moiteur de l'air sur le corps de bacchante (parce qu'il avait entendu les charmants arrangements de Canteloube et s'imaginait que les filles de l'Aubrac chantaient le lyrique tout naturellement, parce que son âme enfin libérée du col dur de Cambridge battait des ailes pour la première fois, et surtout... parce que le vin vif du coteau bu à la gourde des riantes faneuses grise davantage qu'une *cup of tea* humée *at five o'clock* en compagnie des nièces empesées du pasteur) il crut à l'apparition d'une fée de jadis, d'une de ces divinités sylvestres régnant sur le bocage.

De nombreuses farces et chansons populaires quelque peu jacobines se plaisent à mettre en scène les dialogues de la Bergère et du Monsieur, courtisan du Grand Siècle qui, perché sur ses talons rouges, vient comme en une tapisserie de Jouy conter fleurette à une modeste Margoton au charme rustique. Il la flatte avec ses galanteries choisies et marivaudages de salon, à quoi elle répond en patoisant :

Dis-moi, Manon, qui t'a si bien instruite
E vous, Mouchu, int'avès istudia ?
J'ai étudié au château de mon père,
E yeu Mouchu, in gardan mous moutous...

brocarde la chanson...

Il n'en fut guère autrement lorsque Alistair et Léonie se rencontrèrent sous l'arbre chantant.

Pétri des balades arthuriennes de Tennyson, le romanesque garçon découvrait l'Arverne comme les paladins d'alors s'allaient par aventure à la quête du Graal, en rompant bravement des lances, en se vouant aux naïades et belles dames préraphaélites.

Il demeura un long moment sans voix, ému, l'œil mouillé, au bord de chavirer dans un abyssal syndrome stendhalien avant de tenter d'hypnotiser l'anthophile et anthophage Elfette de troublantes blandices... Il évoqua Guenièvre et Lancelot, la rencontre merveilleuse de Thomas le Rimeur et de la Reine des Fées sous l'aubépin d'or d'Ercildoune – quelle étonnante coïncidence ! –, il récita Keats dans le texte, Spencer, Obéron, Titania, *Le Songe d'une nuit d'été*...

« Oh ! Saisissez, charmante, la pensée de mon innocence ; l'amour doit saisir l'intention dans le langage de l'amour. Je veux dire que nos deux cœurs sont tressés de façon à n'en faire plus qu'un, que nos deux âmes sont enchaînées par le même vœu, de sorte que nous avons deux âmes et une seule foi... »

Ensorcelé par son propre cantique, il tomba à genoux, s'inféoda à jamais aux volontés de la Nymphe à qui il s'enhardit à réclamer les couleurs, un ruban, un gage !

D'abord inquiète, puis amusée, attendrie enfin par le svelte et distingué inconnu aussi blond que les blés, tellement plus poli que les fouchtras du cru qu'à coups d'aiguillon elle tenait à distance, elle sourit à la musique de l'étrange ramage dont elle ne saisissait que de temps à autre un mot, et y répondit en son rugueux sabir qu'Alistair entendit comme un langage aérien d'Archange.

Ils se comprirent à peine mais le cœur parle un langage des plus secrets, au-delà des mortelles frontières...

« Le même gazon nous servira d'oreiller à tous deux ; un seul cœur, un seul lit ; deux âmes, une seule foi », ajouta-t-il encore.

Le père Marcillac, matois, rapiat et circonspect, exigea quant à lui d'autres assurances qu'une toiture d'étoiles, une botte de foin et autres niaiseries lorsque le gandin Godon vint, au cantou, mander la main de sa luronne – c'est qu'elle coûtait certes en babioles mais qu'elle rapportait aussi... Une bouche de moins à nourrir – oui da – mais une lavandière, repasseuse, cuistaude, rapetasseuse, faneuse, moissonneuse-batteuse, petite main et gardeuse de moutous à remplacer... Et c'est point les affections ni les polissonneries qui mettent le lard au saloir ni la miche à la maie ! Est-ce que tout bien mis qu'il était le Mouchu avait du bien ? Voyez-vous, c'est point qu'on est méfiant mais certaineli, certaineli, ça veut pas dire grand-chose quand on peut rin toucher de concret.

Enfin, bref, on topa l'affaire et le bétail – tout émotionné de ce beau conte de fées qui lui arrivait – vogua tout en blanc vers la verte Albion...

Alistair fut épique, passionné et romantique durant toute la période que le code conjugal britannique le concède... et même quelques jours de plus. Puis ils firent chambre à part et Alistair rejoignit son club.

Ils n'eurent pas d'enfant mais la grande guerre les occupa quelques années.

Une succession d'heureux hasards aux jeux des stratégies permit au pourtant timoré lieutenant Winkworth d'obtenir quelques bonheurs sur le front de Mons. On parla d'avancements, d'honorable carrière militaire.

La gaillarde et vieille Reine, passant les nouveaux médaillés en revue, s'arrêta un moment devant le bel archétype du preux (selon les critères anglais codifiés par Sir Robert Stephenson Smyth Baden-Powell) que représentait Alistair : profil droit, cheveux courts, mèche blonde, teint d'albâtre, œil clair, couperose naissante, moustaches viriles collées sur un visage d'ange oxfordien, chanteur soliste de Purcell et d'Elgar.

Elle agrafa la croix de Saint-Georges sur le torse bombé et – maternellement – le complimenta sur ses splendides moustaches. Pris au dépourvu, complètement décontenancé, aussi cramoisi que sa tunique, le maladroit paladin ne trouva rien de mieux à bredouiller qu'un « C'est trop d'honneur, Majesté, mais les vôtres ne sont pas mal non plus... ».

La bévue fit la une des cantines et les espérances galonnées d'Alistair tournèrent court.

Une fois la glorieuse hécatombe enterrée sous les *poppies*, ceux que la mitraille n'avait pas fauchés rentrèrent dans leurs foyers et Alistair Winkworth retrouva le sien, le golf, le club, ses hobbies, ses chiens et Léonie. Il fit l'acquisition d'une rutilante et rouge Léa-Francis qu'il sortit peu mais bichonna beaucoup. Sa fortune ayant été assurée dans la course et le besogneux négoce du thé par sa défunte famille, il ne craignit point l'avenir et put ainsi se consacrer exclusivement à mener l'existence d'un parfait gentleman champêtre. Il s'abonna à *Country Life* et s'appliqua à en suivre à la lettre les confortables préceptes.

La vaste et cossue demeure en pierres blondes du pays, mi-manoir, mi-cottage, achetée tout près du bourg délicieux de Chipping Campden dans les paisibles Cotswolds, perdit bientôt sa toiture de tuiles moussues pour gagner un chaume magnifique ; puis d'énormes buis taillés en murailles, en créneaux, en cônes, en boules, en spirales, en oiseaux, vinrent enclore le jardin calqué sur celui de l'Éden.

Le réalisme rural de Léonie tenta bien de réclamer un coin potager : des carottes, des navets, des oignons, des choux, mais, d'un haut-le-cœur, choqué à l'idée de faire voisiner l'ail et la veloutée rose de l'Hampshire, à la délicate essence des lys et de la pimprenelle, Alistair renvoya poliment mais fermement la barbare s'occuper ailleurs. Un ailleurs de plus en plus réduit, pensait-elle, de jour en jour, tandis que derrière les fenêtres à petits carreaux fumés comme par un éternel automne, elle voyait croître et s'épanouir cette luxuriante flore voleuse de mari.

Elle vit petit à petit, mois par mois, année par année, grimper les vignes vierges constellées de clématites, floconner les glycines, bluetter les *periwinkles*, s'essaimer les scilles, carillonner les *bluebells*, bruiner les gypsophiles, se multiplier les phlox, fuser les digitales, éclater les roses trémières. Elle vit les pelouses, les sentiers, disparaître sous les buissonnances de toutes espèces feuillues, aigrettées, velues, sous les enchevêtrements renonculaires, les lourds flux d'hortensias, la garance des azalées, l'écaille des lierres s'étendre jusqu'aux bow-windows, agripper les gouttières, entrelacer les murs...

Et, lorsqu'au soir il rentrait, les mains verdies de sucs, des pétales plein les cheveux, englué d'odeur de sève, il s'asseyait pour lire des manuels de jardinage. Les ouvrages de William Robinson, les almanachs du *Gardener's Testament, The Country Gentleman Vade Mecum*, des catalogues de pépiniéristes...

« Savez-vous, *honey*, que l'ancolie, les centaurées, les épilobes, la marjolaine, la saponaire attirent les papillons et les abeilles ? Que le sureau, le bois-gentil, les myosotis, les troènes, les chardons, les arums par contre amènent les oiseaux... Demain, il me faudra très tôt, avant qu'il ne fasse chaud, semer les capucines, ramer les pois de senteur. »

Il n'entendait pas les réponses car déjà il bêchait, il désherbait, il binait, il sarclait.

Il vivait au rythme saisonnier du jardin. Au printemps, levé avec l'aurore, il revenait au crépuscule, des anémones, des pervenches plein la tête. L'été, elle ne le croisait que congestionné de coups de soleil sur sa face rousse, les bras dévorés par les orties. En automne, il sentait la pomme et la fumée des feux de jonchées, se mouchant, toussant, enchifrené par les attaques des premiers froids. L'hiver, quand, enfin, il aurait pu se reposer près d'elle, les pieds devant la cheminée à bavarder d'hypothétiques projets de voyages, il paillait, rentrait les plants fragiles, ne quittait la serre que pour gagner le pub à la brume.

Si au moins, de temps à autre, il l'avait emmenée souper au « Kings Arms », dont on disait grand bien de la cuisine, ou boire un sherry au « Eight Bells Inn » à la si conviviale atmosphère qu'elle ne faisait que deviner. Elle n'était à son grand regret jamais entrée dans un pub et ignorait tout de ces chaudes et vieilles boiseries, des cuivres brillants, des bancs usés, des fléchettes et des pintes bues dans des parfums de tourbe et de tabac ; comme elle ne ferait jamais non plus la différence entre la lager, la bitter, la mild, l'ale, la stingo, le stout, dont elle n'avait qu'effleuré les saveurs sur les moustaches d'Alistair durant le laps de temps réservé aux rapports nuptiaux. « Les pubs ne sont pas des endroits que fréquentent les dames respectables », avait-il sentencé.

Respectables étaient les offices à Saint-Jacques. Les œuvres de charité, les réunions des dames de la paroisse que présidait l'épouse du pasteur, ainsi que les travaux communs. Lundi : confitures en saison ou conserves. Mardi : couture ou broderies de coussins et napperons. Mercredi : encadrement, dessin, pastel ou aquarelle. Jeudi : qu'il fasse beau, vente, bruine ou pleuve à torrent, promenade dans les jardins de Campten Manor pour ramasser des plantes à herbiers, des brindilles, des cailloux. On y observait également le va-et-vient des oiseaux, à travers des jumelles mouillées ou givrées. Vendredi : cuisine chez l'une ou l'autre, mais plus chez elle car sa propension à fristouiller l'ail et l'escargot, à saucissonner, entrelarder, flamber, mitonner la potée, roussir l'andouille, rassemblait ces dames, craintivement blotties, un mouchoir gorgé d'eau de lavande sur le nez.

Par égard pour l'estomac fragilisé et les papilles affaiblies d'Alistair, là aussi elle avait dû mijoter un ton en dessous, domestiquer l'aligot et remplacer la garbure par le lait d'huître…

Respectablement, de thé en thé, de scone beurré en scone beurré, de muffin en muffin, malgré sa résistance, elle s'était sentie se fondre parmi elles.

À quoi bon lutter ? Elle ne visiterait jamais les Malvern qui, paraît-il, rappelaient les collines d'Auvergne. Le vin douceâtre au goût de bonbon aurait raison de l'âpre piquette de ses vignes venteuses, de ses clairets et gris aux saveurs de pierre à fusil ! Bientôt, plus rien ne la différencierait de ses compagnes de boudoir aux émotions infusées. Comme toutes ces dames déféminisées et jumelles, ensachées de robes à fruits, à fleurs, elle ressemblerait à une théière replète ou à un parapluie fermé, et, à force de se pencher, d'observer, de s'extasier sur les jolies petites choses, les délicieuses petites merveilles, elle finirait aussi par y voir leurs petites âmes charmantes voleter sous la forme de Fairies et s'essaierait à les reproduire, à les décrire, à les photographier…

À moins qu'elles ne fassent tourner le guéridon autour duquel elles vieillissaient…

Puis Alistair se prit d'amour pour un Amandier.

Il était une fois une vieille dame très en colère qui veillait un pansement. Assise auprès du lit, elle a envie d'étouffer sous un oreiller les ronflements satisfaits d'Alistair, insouciant de lui avoir gâché sa soirée. Elle souhaiterait que le tétanos, que la gangrène s'insinuent dans le bandage, attaquent et noircissent la plaie jusqu'à ce qu'il en crève.

Un crime n'a pas tant besoin de ténèbres ni d'orageux décors pour germer, il peut voir le jour au milieu des flanelles et du chintz, dans la buée des roses.

Par-dessus ses lunettes qu'elle ne met que pour tricoter ou lire, les yeux de Léonie ne cessent d'aller et venir du couteau à cake à la pomme d'Adam largement offerte de son époux qu'elle souhaiterait enfoui six pieds sous terre. Et tant pis si la lame n'est pas suffisamment tranchante, elle appuierait jusqu'à ce que la chair cède ; au besoin, elle cisaillerait.

Le bourg de Chipping Campden est pourtant si plaisamment niché sous les harmonieux contours de Dover's Hill et du Vale of Evesham, avec sa High Street tout empignonnée de nobles façades, d'enseignes ouvragées, de boutiques coquettes derrière les fenêtres desquelles s'empilent les fines porcelaines, les bocaux de *fudges*, gravures anciennes et mignons bibelots. Autour de ces vieilles halles de pierre, la vie coule si paisiblement, mais Léonie n'a plus de regard pour les hautes baies à deux étages de Grevel House, ni pour les majestueuses bâtisses des hospices épargnées autrefois par les têtes rondes de Cromwell. Il y a pourtant tellement de recoins à découvrir le long de ces rues qu'un poète a écrit être les plus jolies d'Angleterre... Mais elle n'y voit plus rien d'autre qu'un enterrement passer et elle, derrière, déployant dans ses crêpes noirs le triomphe d'un heureux veuvage.

Le ver est maintenant dans le fruit et le serpent lové entre les branches de l'Amandier…

C'est parmi ces fleurs roses et blanches qu'avaient fini par disparaître les ultimes vestiges de leur ancien amour.

Elle se souvient de l'affreuse radicelle qu'il était venu lui agiter fébrilement sous le nez avant de la mettre en terre.

Une simple racine dont elle ne s'était point méfiée et que, par d'étranges greffes, manipulations, bains successifs, marcottages, tuteurages, pralinages, il avait fait croître, bourgeonner, tigeller. C'était là sa création, son homoncule, son enfant…

« Rendez-vous compte, *honey*. Un amandier ! rayonnait-il, quand un an plus tard il l'avait traînée au milieu du jardin, devant le chétif arbrisseau frileusement médaillé de trois fleurs pâlichonnes… Le gel l'a épargné, je le savais. Pensez donc, un amandier et pas n'importe lequel, une nouvelle espèce inventée, élaborée par mes propres mains et qui fera pâlir de jalousie les plus majestueux magnolias… »

Quant à cela Alistair ne s'était pas trompé. Ce fut une splendeur ; pouvait-il en être autrement : c'est de leurs âmes qu'il se nourrissait.

Dès lors, Alistair Winkworth s'y voua entièrement. Une feuille se recroquevillait, rouillait ou se tiquetait d'une tavelure violacée, et c'était l'abattement. On ne parlait plus que de *Coryneum*, de pulvérisations cupriques. La resserre s'agitait de bruits d'arrosoirs, de remuements liquides, de mélanges chimiques, viricuivre et rhodiacuivre micronisé. Le vent se levait, tournait, le temps virait à l'orage, on courait à la catastrophe ! Alistair maudissait les cieux, montait une palissade, des abris de toiles cirées. Régulièrement, on brouettait des tombereaux de terre calcaire autour, on allégeait le sol, on chassait les mouches, on piégeait les musaraignes, on traquait les limaçons. Une pince à épiler au bout des doigts, Alistair becquetait les pucerons à moins que d'un plumeau rageur il ne débarrasse les ramures de toutes les fientes d'oiseaux. Semblablement à un baromètre, ses moustaches se hérissaient d'inquiétude au moindre changement de température, remontaient aux ondées, fléchissaient à la grêle, tombaient à l'annonce d'une sécheresse.

Les quelques soirées mondaines, les bridges, s'espacèrent car il n'était pas question de s'absenter alors que le pourridié menaçait, que l'amandier couvait une cloque. Et, à force de décliner les invitations, celles-ci finirent par cesser.

Les dames de la paroisse venues un jour admirer la Merveille s'en retournèrent vexées pour ne plus revenir. L'une d'elles ayant par mégarde blessé de son épingle à chapeau la tendre écorce afin d'en respirer le bouquet, dressé tel un démiurge, Alistair les avait chassées et, cette fois, pour toujours, des Bienheureux Séjours ! Ce n'était plus un jardin, c'était un lieu saint, y régnait l'Arbre de Vie !

Léonie sent la solitude lui peser sur l'estomac comme un *bean pease pudding pie* trop lourd. L'épaisseur du temps agglutiné au cadran de l'horloge lui rappelle que si elle veut revoir un jour la Margeride et l'Aubrac, il serait grand temps qu'elle s'envole sur ses ailes, que bientôt il sera trop tard et qu'elle ne peut pas compter sur cet époux égoïste, endormi si loin de ses soucis.

Chaque soir, il recopiait au propre dans ses carnets les notes, les observations griffonnées au cours de la journée passée à la contemplation des imperceptibles évolutions d'un pétiole. Depuis la première feuille apparue, il s'était mis à correspondre avec un certain colonel Robertson Sissinghurst, éminent botaniste, auteur de travaux reconnus sur le « bigarreau marmotte » et de nombreux ouvrages essentiels sur la culture des calcicoles en terrains inadéquats, membre actif du Royal Gardening High Club et président fondateur de la Gloucestershire Gardeners Society, à qui il envoyait presque journellement les comptes rendus de ses travaux, des schémas, des croquis, des photographies, des squames, des sépales, des nervures, des graines et des boutures de l'amandier, *l'Almond Tree*, qu'elle aurait voulu débiter à la hache en échardes, en esquilles, en baguettes de mikado…

Il était une fois un pique-feu qui fermement s'ennuyait sur ses clinquants chenets. Il s'ennuyait à mourir depuis qu'on avait remplacé les belles et flambantes bûches par des fausses. Le spectacle de la rampe à gaz aux flammes toujours régulières, sans crépitements ni fumée, le faisait bâiller. À quoi bon un feu de cheminée si les braises ne sont pas là pour chanter : autant des cloches sans battant ! C'était gâcher le métier. Aussi, il ne cacha pas son enthousiasme lorsqu'il se sentit saisi par la poignée et soulevé haut dans les airs. Très vite il comprit ce qu'on attendait de lui, et c'est avec tout son cœur qu'il compensa la maladresse du geste. Il prit son élan et retomba le plus violemment possible sur le crâne chauve d'Alistair.

Un seul coup aurait amplement suffi, mais gagné par le sentiment libérateur qui animait le bras dont il se sentait non seulement l'outil mais le complice, il se solidarisa et, brisant l'os, touilla la matière cervicale.

Le sang gicla sur toutes les reproductions d'aquarelles d'Helen Allingham accrochées aux murs : *Cherry-tree Cottage at Chiddingfold, Milton's House, Chalfont St. Giles, Hook Hill farm, Freshwater, At Pound Green, A Garden in October at Aldworth, One of Lord Tennyson's Cottages, The Dairy-Farringford,* ainsi que sur une joyeuse scène de genre de Myles Birket Foster…

C'était sans importance, un coup d'éponge sur le verre et il n'y paraîtrait plus, se dit Léonie veuve Winkworth ; il fallait toutes affaires cessantes se débarrasser du corps.

Elle ceignit un tablier, retroussa ses manches et, là où une émotive et délicate lady se serait évanouie, se mit gaillardement à l'ouvrage. Au cours de sa jeunesse agreste, elle avait de nombreuses fois aidé à saigner le cochon et plumé, vidé, découpé plus d'un dindon – ce sont des tours de main qu'on n'oublie pas – et ce n'était pas la chétive ossature d'Alistair qui allait résister à son habile et vigoureux savoir-faire.

Elle fendit, débita, trancha, racla puis, portant les morceaux dans la baignoire, fit plusieurs voyages à la remise où il rangeait son matériel de jardinage afin d'y quérir acides et chaux vive dans lesquels elle laissa tremper et se désagréger les restes. Elle avait tout le temps pour que tout fonde et disparaisse. Elle n'était pas inquiète. Alistair avait réussi à faire le vide autour d'eux et nul ne viendrait s'interroger sur leur santé. De toute façon, en Albion, curiosité rime avec impolitesse : un gentleman, une lady ne posent jamais de question indiscrète et ne s'inquiètent pas plus du sort d'autrui. Aussi, elle pouvait dormir tranquille et élaborer sans soucis la suite de son plan.

Quelques jours plus tard, nuitamment, elle enterrait les reliefs méconnaissables de l'époux – une sorte de bouillie d'engrais – entre les racines de l'amandier, et le surlendemain voguait vers ses vallées bien-aimées. Elle s'installa dans la ferme paternelle qu'elle avait héritée et se promena par les landes et les sentiers retrouvés. En fait, rien n'avait vraiment changé : l'âme émue, elle retrouva même le bosquet et l'arbre aux fruits d'or sous lesquels ils s'étaient rencontrés, et où le bel inconnu l'avait séduite par son différent discours mais ce n'étaient que des mots, ce n'étaient que des leurres. Assise sous la ramée, elle médita longuement sur l'inconstance des hommes et les rêveries de ces poètes évoqués alors et lus depuis… Keats, Tennyson, et les autres. Elle songea au déchirement de *Sous le pommier en fleurs* de Galsworthy dont elle se sentait le reflet. Un merle lui répéta le triste message que jamais l'homme ne pourrait accéder à l'amour infini et sans dédit des fées… Un jour – toujours – il oubliait son serment et Mélusine, emportant ses pleurs, s'envolait par la fenêtre à jamais…

Elle serait morte de langueur si elle n'avait enseveli l'oiseau menteur sous l'amandier.

« Chère Alice… », écrivit-elle à l'épouse du pasteur.

C'était une longue lettre où elle racontait qu'ils étaient partis en vacances sur un coup de tête sans prendre le temps d'avertir les amis qui leur manquaient. Mais Alistair, le cœur très fatigué par ses épuisants travaux, conseillé par les médecins, songeait à profiter définitivement de l'air vivifiant des monts du Cantal. On lui préconisait également des cures thermales à Royat. Certes, ses chères Cotswolds et surtout son jardin lui manqueraient mais, un certain âge atteint, il fallait se montrer raisonnable...

Peut-être reviendrait-elle à Chipping Campden le printemps prochain vendre le cottage. En attendant, etc., etc. Pour le reste, elle décrivait les paysages et quelques coutumes religieuses locales qui ne manqueraient pas de les intéresser.

Sous sa signature, elle ajouta celle d'Alistair, qu'elle avait appris à contrefaire, et joignit à la missive un petit colis contenant des pâtes de fruits, un échantillonnage de spécialités régionales et une bouteille de gentiane dont l'amertume sans doute à la première gorgée les dérouterait.

Léonie passa l'été, l'automne et l'hiver à se promener, à regagner avidement toutes ces années perdues à broder ou dessiner ces paysages qu'elle aurait voulu fouler en tendre compagnie.

Elle aimait marcher contre le vent sur les plateaux d'herbes rases, le souffle coupé par la vague des airs déferlants des lointains horizons... Il lui semblait alors mâcher la flore des cimes, le vertige des volcans en veille, le son des clarines et la saveur surette du pain de bergère croqué contre le muret de pierres sèches, ou sous la haie de ronces perlées, avec sur les mains le suint des moutons. Elle pénétrait au hasard dans la fraîcheur cendreuse d'un buron comme au sein d'une chapelle dédiée à la prière et s'y confessait sans remords.

Elle aimait remonter les ruelles étroites des villes et villages taillés dans la lave noire, passer sous la pénombre des porches, des cours où pendent les lessives, entendre au coin des places les accents du marché, la stridulence d'une vielle dans le paysage des hirondelles. Elle retrouva ainsi un pas de bourrée dans le regard fugitivement croisé d'un ancien amoureux qui, le dos courbé, passait…

Elle aimait à se perdre doucement en forêt sous les claires hêtraies et les sombres sapinières, ce n'était plus le temps du coucou, mais elle espérait une fois la maison vendue revenir l'entendre encore quelques saisons.

Il était trop tard. Il lui semblait que la lumière de ces retrouvailles déclinait comme un dernier été. La neige tombait autour d'elle, l'ensevelissait de blanc tandis qu'elle savourait, au pied de l'âtre, la pomme d'or de Noël.

Même si elle savait encore tresser la guirlande de trèfles, il n'était plus l'âge de s'en couronner.

C'est dans cet apaisement qu'aux premiers jours de mai, elle regagne Chipping Campden. Elle sourit aux façades blondes, à la longue rue gothique bordée de boutiques, enjouée de retrouver l'effervescence du printemps : on va repeindre les volets, astiquer les cuivres, semer de nouvelles plates-bandes. Et tout ce monde se presse et commente les beaux jours – qui un nid de mésanges bleues, une portée de chats roux, la jupe à rallonger de la petite qui a en une année tellement grandi…

Léonie se sent pour la première fois depuis son arrivée en harmonie avec les ombres, les couleurs et la pelouse qui ne débordent pas – à chacun son image du bonheur –, les différences ne sont qu'apparence, l'âme comme l'oiseau peut se poser partout.

Elle a annoncé son retour à l'épouse du pasteur qui, coiffée de son chapeau à cerises, l'attend déjà à la porte du cottage. Elle n'est pas seule mais entourée de messieurs en queues-de-pie, à bésicles et melons que semble dominer un homme barbu d'altière stature.

« Mrs. Léonie Winkworth, la présente-t-on.

– Colonel Robertson Sissnighurst, de la Gloucestershire Gardeners Society, s'incline le docte personnage, nous sommes venus remettre à votre mari un prix.

– C'est qu'il n'est pas ici…

– C'est fort dommage, dit-il, sortant comme par magie une rutilante coupe enjolivée de flots de rubans, qu'entre ses mains il dépose majestueusement. J'ose cependant espérer que vous ne verrez point d'inconvénient à poser, pour la première page de notre revue, devant sa création qu'il nous avait proposé de venir contempler à sa pleine floraison. »

L'amandier ! Elle l'avait presque oublié !

« Entrez donc. » La clef dans la serrure résonne du même familier cliquetis qu'elle avait alors refermé sur son secret. C'est le même couloir, c'est le même décor endormis sous les housses et la pâle poussière… C'est la cheminée, le fauteuil et le pique-feu qui luit.

« Je vous en prie… »

Elle s'efface devant eux sous le dais de feuilles sèches de la véranda pour les conduire dehors, dans l'éden reverdi du jardin.

Tous sont restés pétrifiés, semblablement saisis par l'effet d'une malédiction. Du milieu des exubérantes florescences, du ruissellement azural des myosotis et des gazons lumineux, l'amandier se dresse hirsute et noir tel un immense calvaire. Le tronc aussi creux qu'un cercueil, les racines empoisonnées, rongées par les acides…

Traversée de frissons, Léonie voit les branches maîtresses levées comme des bras vers le ciel, l'une appelant aux foudres vengeresses, l'autre tournée vers elle…

Ma mère m'a tué ;
Mon père m'a mangé ;
Ma sœurette Marlène

A pris bien de la peine
Pour recueillir mes os jetés
Dessous la table, et les nouer
Dans son foulard brodé
Qu'elle a enfoui sous l'amandier...

C'est tout ce qu'elle entend, pas même le bruit des bêches...

Rapunzel

Quelques années plus tard, il advint qu'un fils de Roi qui chevauchait dans la forêt passa près de la tour et entendit un chant si adorable qu'il s'arrêta pour écouter. C'était Rapunzel qui se distrayait de sa solitude en laissant filer sa délicieuse voix. Le fils du Roi, qui voulait monter vers elle, chercha la porte de la tour et n'en trouva point.

GRIMM

I

LE CRIME DE LA TOUR

Il était une fois en Ardennes, aux Hauts Buttés, une chapelle dédiée à saint Antoine, le bon saint au cochon… et un château.

La Meuse alanguissait sans fin ses boucles brumeuses tout le long des pâles collines hérissées de forêts bourrues, d'austères sapinières hantées d'indécises faufilades. Leurs heaumes empanachés d'ailes de corneilles, les quatre gisants dressés des fils Aymon encaparaçonnaient l'ardoise à la crête de nuées chasseresses et, sur les pentes érugineuses par leurs éperons labourées, jaillissaient les colchiques des légendes, des épanouissements de teintes crépusculaires… À chaque crevasse, à chaque caillasse du torrent et du ravin refleurissaient les ronces des anciens enchantements, poussaient les Pierres du diable, celles des Dames, la Pierre de la Bête à crochets, la Pierre du cheval Baillard, la Pierre des Nutons et la pierre sur laquelle le château surplombait la vallée.

Ils étaient venus cinq ans plus tôt dans l'aiguail matinal visiter ce grand songe chu d'un éden barbare. Il s'était arrêté à l'à-pic d'un gouffre et ses chimériques aspirations fouaillées par tant de sauvageries lui avaient impétueusement soufflé le désir de planter là le décor de sa retraite.

« Belle Dame, ici sera notre royaume, avait-il annoncé à sa très jeune et éthérée compagne qui, profil préraphaélite perdu parmi les filandres flous d'automne, mêlait l'aura de son haleine à celle des oiseaux.

– Oui mon seigneur. »

Et le vieil original avait aussitôt commandé à un élève de Viollet-le-Duc de lui dessiner et bâtir le manoir du Val aux Sotais.

On prit modèle sur les gravures allemandes, que les livres rouges à tranche dorée se plaisent à enclore auprès des textes de Grimm, de Musaüs et Johann August Appel ; sur les féeries anglaises de Sir Joseph Noël-Paton, J. Anster Christian Fitzgerald et toute la chromomytholithographie pour enfants nés coiffés montée en spirales et pignons, en volées d'échauguettes et nichoirs suspendus aux extrémités de hasardeux encorbellements que retenaient à bout de bras des naïades aussi cambrées qu'ailées, des nymphes sylvestres glissant sur les volutes et toboggans d'un néogothique plus que flamboyant… en béton.

« Je veux quelque chose de romantique avec beaucoup d'innocence dans la frise des tourelles… une rosace, une coupole en vitrail, un arbre mort et des vagues de lierre. N'oubliez pas non plus, pour la chambre nuptiale, d'enfouir le miroir d'Alice sous le dais du baldaquin. Rêvez, Maître, vous avez carte blanche : soyez excessif ! Ma bibliothèque est à votre disposition. Regardez-y Arthur Rackham, Doré, ajoutez une touche de Beardsley… Relisez Perrault et Ann Radcliffe et faites-moi chanter le palais de Merlin entre ces noirs sapins ! Le prix importe peu… »

Cinq années plus tard, le mirage de pierre sortait des aubépines et lançait son donjon dans les nuageries d'automne. Durant toute une semaine, des processions de camions vinrent derrière les remparts transporter le mobilier des Burgraves. Puis un soir, à la lueur des torches, ils vinrent emménager, et le conte commence presque ici…

Dans le pays on surnomma le couple : la Belle et la Bête, car elle était la beauté incarnée. Sa silhouette de lys, sa neigeuse légèreté évoquaient quelque souveraine d'Avallon ou la Reine des Fées. On pensait à la Vouivre quand son corps de déesse païenne se laissait deviner sous les voiles, les brocarts, et les robes d'espouline que toujours elle revêtait ; sans doute soumise à une toquade du barbon la désirant ainsi costumée, du hennin aux poulaines, de médiévaux atours.

Lui, la Bête, laid, la hure grise et ridée, claudiquant dans une noire houppelande, portait fort férocement son surnom. Mais la fortune pardonne bien des folies et nul ne pouvait l'accuser de ne point monnayer largement ses fantasmes.

Ils ne sortaient jamais, n'invitaient pas, se montraient peu. On ne savait rien d'eux. Un couple aussi dissemblable incite au mystère… on en imagine plus d'un… qu'elle était une sorte de morte vivante, l'épouse victime d'un de ces vampires de Bohême, une belle infante de lointaines contrées atteinte d'un mal incurable que le savant médecin par amour fou ne cessait de combattre. Un couvreur du village appelé au manoir à rezinguer les chantepleures des gargouilles obtint un franc succès en narrant aux veillées ce qu'il avait pu observer là-haut…

Belle passait son temps à déambuler comme il

sied aux châtelaines, de la tour au jardin d'hiver, du labyrinthe à la fenêtre, du rouet à la tapisserie, de la quenouille au livre d'heures. Mais non, elle ne semblait ni triste, ni séquestrée. Il l'avait même entendue rire, d'un joli rire de source et de grelots, et tout aussi joliment, même, elle chantait.

La Bête surtout écrivait, semblait méditer et, quelquefois, descendait tirer des flèches par-dessus les douves.

Et le conte commence tout à fait ici.

Il était une fois, en Ardennes, aux Hauts Buttés, une chapelle dédiée à saint Antoine, le bon saint au cochon… et un château.

C'était un soir, un soir d'hiver, un de ces soirs, noir, griffé de blême, où les Vieilles Harpines, les Folles Tempestaires à cheval sur leurs balais s'affrontent à coups de hargne, de rafales, font hurler les loups et s'ensauver les Gnomes en aiguisant leurs dents de fer. Ils se trouvaient dans la plus haute tour. Elle lui faisait la lecture, comme chaque soir après souper, à la lueur d'un énorme chandelier tout entorsadé d'aspioles et de dragons de bronze.

« Il escalada le mur du jardin de la sorcière, y prit en hâte une pleine main de doucettes qu'il rapporta à son épouse. La femme se prépara immédiatement la salade, qu'elle mangea avec une grande avidité… »

De temps à autre, le regard de Belle quittait les pages mouchetées des lueurs dansantes des lucioles, allait se poser sur la tête oscillante de la Bête qui semblait suivre la douce incantation des mots, dodelinait, semblait glisser vers les rives secrètes que font naître les fées sous l'esquif des rêveurs de songes dérobés. Puis, un sourire de cerise fleurie, Belle reprenait la broderie ouatée de l'histoire un instant suspendue.

« ... Mais c'était si bon et cela lui avait tellement plu que le lendemain, au lieu que son envie fût satisfaite, elle avait triplé. Et pour la calmer, il fallut absolument que son mari retournât encore une fois dans le jardin. Au crépuscule, donc, il fit comme la veille, mais quand il sauta du mur dans le jardin, il se figea d'effroi car la sorcière était devant lui... »

Paul et Marie se figèrent d'effroi.

Paul, le chauffeur et homme à tout faire de la Bête, et Marie, chambrière et soubrette à tout refaire de la Belle, se trouvaient aux cuisines, tout en bas dans le ventre du manoir, quand tout à coup le cri... ! Les cris crispèrent leurs doigts sur les cuivres qu'ils polissaient. Ça venait de là-haut, de la tour, et ce n'était pas le vent !

Ils s'engouffrèrent dans la spirale sonore de l'escalier.

« Monsieur !

– Madame ! »

De palier en palier les cris s'étranglent, s'enrouent, se taisent. Enfin ils ont atteint la dernière marche engluée de ténèbres. Ils frappent à la porte. Pas de réponse… et autour, tout autour, ricanent les mégères de novembre…

« Monsieur !

– Madame ! »

Ils cognent à l'huis, à la grosse porte de bois bardée de fer.

« Ouvrez !

– Ouvrez donc ! »

Mais la porte reste close et la chambre muette.

« C'est fermé, s'inquiète Paul, la clef est à l'intérieur ! »

La serrure grimace un vilain sourire de Mourioche quand Paul frappe en vain de son épaule le chêne qui ne rompt pas.

« Appelle la police ! »

Et Marie descend dans un petit envol de jupette noire qui découvre un blanc de culotte, un blanc de cuisse, une rose de froufrou. Son bonnet gaufré à peine s'est-il éclipsé au tournis du couloir que Paul, saisissant la hallebarde d'une armure en faction contre un mur, se met à tailler de grands copeaux dans la porte qui geint.

« Allô ! Allô police ! claironne haut perché dans le combiné la soubrette en bas… Allô ! (Heureusement qu'on a tout de même le téléphone dans ce manoir, si éloigné du monde, si retiré de tout)… la police ! oui la police… je ne sais pas, venez vite.

Oui, au Val aux Sotais, vite ! Un cri… des cris… dans la tour… non… vite ! ! »

Et elle remonte quatre à quatre la vis sans fin de l'escalier tournant à l'infini, toujours encoquinée du même envol enjuponné mais que Paul ne remarque même pas tant, encore et encore, gaillardement, il s'escrime sur la… Ça y est, elle bouge ! Elle a bougé ! Un élan. Un grand coup de pied. Elle cède. Elle a cédé ! La porte grince des crapaudines et le loquet s'arrache avec fracas.

Horreur !

Dans la chambre lugubrement éclairée par quelques bougies éparpillées sur les dalles, dont certaines éteintes fumaillent… écartelée sur une épaisse peau d'ours, Madame gît, et, affalé dans son lourd fauteuil ouvragé, s'égoutte Monsieur, le haut du corps réduit en boue sanglante…

« Ah ! » Paul soutient Marie pâle, Marie qui titube jambes molles, et s'empâme avant de, vers la Belle pantelante, se précipiter.

« Madame ! pauvre Madame… »

Le cœur bat encore, en hâte, elle dégrafe la robe, dénoue le gorgerin, découvre un tétin ivoirin.

« Ne touche à rien, Marie…

– Elle vit encore. »

Et cric et crac, et cric et crac, le bruit du fauteuil crique-craque, et drip et drap, et drip et drap, le sang toujours s'égoutte, goutte à goutte… et flip et flap, et flip et flap, s'étale en flaque, en nappe, en lac…

Soudain, par-delà les remparts venteux comme le lépreux bat son glas au fond des oubliettes, quelqu'un à la poterne tire la chevillette et aigrement la cloche tintinnabule…

« C'est la police ! J'y vais. »

Et laissant Paul à genoux auprès de la gisante couchée dans ses brocarts au pied du redoutable chandelier hérissé du bogon de chimères engorgées d'écarlate, Marie, une nouvelle fois, redescend, offrant aux cropignotants latusés des escaliers – pour la troisième représentation – le spectacle, certainement un peu déplacé étant donné les morbides circonstances mais bougrement aguichant, de ses dessous…

« Police !

– Oh ! Messieurs ! c'est affreux… il y a du sang ! du sang ! !

– Du sang ?

– Du sang. »

Ils sont trois policiers qui s'engouffrent sous les voûtes gothiques du hall obscurci de lambris : un grand, un moyen, un petit – un insouciant, un plus prévoyant, un prudent… comme les trois petits cochons, songe Marie qui ouvre la marche et dont l'envolée cotillonnée offre pour la première fois de la soirée à d'authentiques admirateurs son attraction de culotte et de rotondités poupines que la fréquence des déplacements a rendue plus croustillante encore.

« C'est ici, désigne-t-elle, la chambre horrifique.

– Dieu !

– Mon Dieu !

– Bon Dieu ! Gédéon, appelez le médecin légiste. Pas de journalistes ! Il a été assassiné… Et elle ?

– Elle reprend ses esprits, souffle Marie. Madame. Madame. Elle ouvre les yeux… »

Deux grands yeux de topaze et d'émeraude brillant sous le bleu profond de la paupière qu'un sourcil effilé affine. Telle la Belle dormante qu'un baiser retire d'un long sommeil de pierre, elle laisse entre les cils sourdre la source vive de ses prunelles, qui vient refleurir le satin de la joue, réveiller les échos du cœur, les émois d'un sein qu'un souffle de biche affolée agite. Mais la mémoire aussi revient et la lisse beauté se défait comme un miroir se brise.

« N'y a-t-il pas plus de lumière ici ? feule Gédéon.

– Si. »

Quoique feu Monsieur ne se plaisait qu'à celui des bûches, aux lueurs des torchères, des chandelles, du photophore, et avec réticence à l'avant-gardiste quinquet, on avait cependant installé l'électricité des culs-de-basse-fosse aux poivrières qu'on n'allumait que pour les plus triviales commodités. Ce n'était point par ladrerie, mais par philosophie : « Jadis, en un jadis par les rêves eux-mêmes oublié, la flamme d'une chandelle faisait penser les sages. »

« Si. »

Sitôt que Paul a tourné le bouton du commutateur, une lumière crue, effaçant les fards, atténuant les ombres, expose les faits aussi froidement que le néon éclabousse l'étal du boucher. Plus rien de ce qu'est advenu Monsieur à Madame n'est épargné.

« Ah, mon doux sire ! » gémit la Belle, le regard exorbité, le corps et les bras arqués d'un spasme de suppliciée ; c'est maintenant un Mucha autopsié par Grünewald qui retombe en se tordant les mains. « Mon gentil seigneur.

– Madame, calmez-vous..., tente de la réconforter Paul, vous vous faites mal.

– Ne pourriez-vous pas lui donner un sédatif ? » le hèle Gédéon.

Les longues ailes de ses manches s'écartent et s'épanouissent, semblables aux ailes d'un papillon qu'une épingle cloue au sol. Le devantier délacé exacerbe le contour de la poitrine haletante au creux de laquelle ruisselle la boucle d'une guiche. Malgré le choc, son hennin telle une tiare lui couronne la tête que quelques mèches libérées entourent d'une buée d'or. Puis, du dos de la main, elle se cache le profil et s'évanouit encore...

« Que s'est-il passé ? Comment est-ce arrivé ?

– Nous avons entendu un cri, nous sommes aussitôt montés. La porte était fermée.

– Fermée de l'intérieur ?

– Oui, commissaire, de l'intérieur, je l'ai défoncée, nous sommes entrés, et voilà !

– Étiez-vous ensemble lorsque vous avez entendu le hurlement ?

– Ensemble, à la cuisine. Nous faisions les cuivres avant d'aller nous coucher.

– Quelle heure était-il ?

– Heu, environ… environ neuf heures, neuf heures et quart, guère plus…

– Vous alliez vous coucher, dites-vous. Chacun de votre côté ?

– Oh ! Monsieur le commissaire, certainement !

– Bon, bon… et quelle sorte de cri ?

– Un cri déchirant, monsieur le commissaire.

– De femme ?

– Un cri affreux, un cri !… Le cri d'un être qu'on assassine !

– D'homme ou de femme ?

– Un cri… d'homme et de femme, monsieur le commissaire. Deux cris presque simultanés. »

Pendant ce temps, Marie berce la châtelaine dans ses bras, lui fait renifler des sels, lui mouille les joues d'eau de mélisse.

« Aidez-moi à la porter dans sa chambre. »

Une chambre médiévale tendue de fourrures et de tapisseries avec un mobilier de griffons sculptés, un baldaquin voilé de velours rouge, un grand miroir en pied où scintillent les flammèches d'un âtre qu'aussitôt Paul attise. La Belle est mise au lit, couverte, bordée. Les rideaux sont tirés et les serviteurs repoussent dehors la maréchaussée. La porte est refermée. Le palier angineux grogne de mauvaise humeur, et on reprend le chemin du petit escalier qui monte à la galerie principale, au grand escalier, à la tour, à la chambre macabre…

Autour de la cathèdre flanquée de son triste pantin, de larges arabesques coagulent des motifs floraux coquelicot.

« Voici l'arme du crime, ce pesant luminaire à gargouilles ! songe tout haut le commissaire, son sobre sens de l'esthétique fonctionnelle offensé par les surcharges reptiliennes de la poisseuse kitscherie. Il faudra relever les empreintes, si empreintes il y a !

– La seule fenêtre est fermée, commissaire, fermée de l'intérieur. Personne, de toute façon, n'aurait pu l'ouvrir de l'extérieur ; voyez, la distance qui la sépare du sol découragerait n'importe quel grimpeur à oser s'y risquer. »

Vite il rentre sa tête ébouriffée de tournasses, suffoqué par le vent et le vertige qu'une écharde de lune démasque sournoisement.

« Nous nous trouvons donc bien devant une de ces fameuses énigmes en chambre close, qu'en pensez-vous, inspecteur ?

– J'en ai bien peur, commissaire !

– Le couple est à l'intérieur, la porte est close, la fenêtre également.

– Et quelqu'un surgit de nulle part, saisit cet objet et…

– … en frappe le châtelain, lui réduit le crâne en bouillie.

– La jeune femme, terrorisée par le spectacle, crie et s'évanouit.

– Peut-être a-t-elle lutté contre l'inconnu.

– J'en doute, il n'en subsiste aucune trace. Nous l'interrogerons demain. Tiens, qu'est ceci ? » Il ramasse un livre, un gros livre qu'il feuillette, laissant entre les pages se déplier des ailes bleues, trottiner des animaux musiciens, des chaperons rouges par les sentiers jaunis d'images de campagnes. « Un livre de contes de fées ! *Les Contes de Grimm*, déchiffre-t-il à travers les verres grossissants de ces bésicles pincées au toupet d'un nez balanoïde. Tiens donc… dites-moi, euh…

– Paul, monsieur le commissaire : Paul Neyrac.

– Avaient-ils l'habitude de lire… euh… de telles…

– Tous les soirs Madame lisait à Monsieur un conte, un de ces merveilleux contes de fées avant de s'aller coucher.

– Ah…

– Monsieur en raffolait et la bibliothèque contient à ce sujet des trésors !

– Aaaaah, voilà qui explique le faux château fort, le décor de carton-pâte et tout ce bric-à-brac et déguisements de cinématographe ! » persifle-t-il, balayant d'un geste dédaigneux ladite déco de carton-pâte que l'ombre funèbre est en train de ternir : car, toujours, les féeries prennent le deuil à la mort de ceux qui croient en elles…

Une à une, le long des galeries, s'éteignent les halos d'on ne sait quelles cristallines Fufolles ; s'embuent les prunelles d'opalines Demoiselles prostrées autour d'un bassin tendu d'un linceul de nénuphars fanés.

C'est comme si la nouvelle de l'assassinat du Maître se chuchotait d'invisible en invisible, s'en allait se propager des caves aux enfilades des greniers et ennuager les ciels sylfiriques des plafonds. On voit s'écailler les sirènes de stuc, les gobelins en biscuit ; s'effeuiller la prairie et la faune secrète des papiers peints et des tapisseries. Comme si les fées, invitées à demeure au château où désormais elles ne seraient plus comprises, désertant jusqu'au moindre recoin, s'en retournaient vers leurs songes, emportant là-bas avec elles l'âme de l'ami défunt.

Les frises de William Morris s'enfuient par les rigoles.

L'or des vitraux s'étiole et les automates rouillent.

Et ça fait peur…

Le château frappé au cœur de l'esprit prend enfin – réellement – son apparence dramatique. « Voilà revenu le bon temps des chasses sauvages ! » ricane un croquemitaine qui s'en va parmi les forêts traquer la chair fraîche, saluant de son luisant tranchoir la découpe dentue du manoir sur fond ténébricole.

« J'emporte ceci ! » déclare le commissaire, empochant le volume enluminé et poussant dehors les deux autres petits cochons.

La portière de la Peugeot claqua et ils s'en furent vers les clignotis lointains du bourg. Sitôt la lourde herse retombée, Paul et Marie se précipitèrent dans leurs lits : l'heure blafarde approchait et ils savaient que les couloirs ne seraient plus tranquilles…

II

UN DRAME DANS LA BIBLIOTHÈQUE

Le jour vint enfeufoller les lacis de la vallée de rayons crocus et débusquer de leur affût nocturne les créatures de l'ombre : chouettes, crapauds cropignotants, hiboux et Croqueurs d'os, éblouis, chassés par l'Elfirie des aubes radieuses, regagnèrent en ronchonnant les ténébreuses cryptes du Manoir aux Sotais.

Fantômes et Croquecigrues, expulsés des landes, des bosquets, des carrefours à calvaire, troussant haut les pans brumeux de leurs suaires et oripeaux, se bousculaient aux portes des cimetières, pressés de regagner tombes et caveaux avant qu'un espiègle et taquin éclat d'aube ne les atteigne de plein fouet et ne les pulvérise en flambettes et lumerottes.

Réveillés par les doux trilles des horloges à oiseaux mécaniques et boîtes à sifflotantes serinettes, les yeux de la belle châtelaine endormie s'ouvrirent. Elle se souvint, cria...

« Madame ! Allons, madame ! » Marie en tutu du matin apportait le plateau du déjeuner *d'Alice au pays des merveilles :* toasts beurrés, cake aux cerises, marmelade et pudding à la crème. Trônant au milieu d'un service de porcelaine, une élégante théière infusait de délicates senteurs de baies.

« Ce n'est plus nécessaire de vous vêtir ainsi, ma bonne Marie, ni de préparer de telles pâtisseries. Le deuil est maintenant dans la maison – le Maître est mort, les fées s'en sont allées. Moi seule garderai encore le costume de ses vieux rêves. Mon Dieu, c'est affreux, où est-il désormais ?

– Les messieurs l'ont emporté, madame, mais sa silhouette est restée tracée à la craie.

– Je me souviens, je lisais, puis... » Sa prunelle exquise étoilée par l'éclat du jour filtrant à travers la claustra s'égare sur les objets alentour, comme pour y chercher derrière des images cachées. « Puis...

– Et puis ?

– Une ombre, une grande ombre ! J'ai peur ! » Elle frissonne et l'ombre de sa cornette, que seul Monsieur avait droit de dénouer au creux de l'alcôve, encorne les draps blancs.

« Du calme, madame, le danger est passé, nous sommes là !

– Et Paul ?

– Paul aussi, madame.

– Dites-lui de ne plus endosser sa livrée de page. Tout cela est fini, soupire-t-elle, l'ivoire du visage enfoui entre les mains. Ciel ! Je dois être affreuse.

– Pas du tout, vous êtes jolie comme une fleur. Désirez-vous vous changer ?

– Tout à l'heure. Vous pouvez disposer, la police va sans doute revenir.

– Je vous aide à ôter votre hennin ? vous coiffer, vous habiller ?

– Nenni, Marie. Oh ! j'oubliais ! » Elle rougit, un doigt posé sur la bouche confuse, d'avoir laissé échapper un mot incongru – un mot d'hier –, un de ces mots d'escarcelle que son gentil sire s'esbaudissait à ouïr… « Non merci, Marie, vous savez que je préfère m'apprêter seule. »

Seul le miroir accueille le reflet du corps nu et fuselé, surgi telle une nymphe de sa chrysalide squamifère, corolle d'ailes et de lin. Debout sur la vague des étoffes retombées, elle se cambre et s'étire.

Les visages de porcelaine des poupées et marionnettes s'empourprent sur les marches d'un castelet quand la Belle se pare.

Le soleil, entrant à l'étourdie entre deux édredons de neige que secoue de sa floconneuse literie Marie au Blé, rosit sur les vitraux, volette autour d'elle, butine les fossettes d'un cœur de rein pour ensuite s'arrondir au pourtour d'une fesse et s'éclipser dans un printemps d'éponge.

Deux heures plus tard, elle pénétrait dans la bibliothèque où le commissaire l'attendait effondré dans un fauteuil, apparemment groggy sous les malignes influences que dégagent tant d'ouvrages féeriques amassés en un même lieu. Lorsque, encore environné de flottantes incongruités qu'il n'osait palper de peur d'effleurer l'inconcevable, il l'aperçut dressée dans l'encadrement de la porte, il réalisa combien elle était l'incarnation parfaite de toutes les « Belles à nulle autre pareilles » entrevues au fil des feuillets qu'il venait de survoler.

Elle avança, portée sur un nuage, comme si de ses pieds – chaussés très certainement de verre – allaient jaillir des floraisons de givre et de la poussière d'or. La traîne de sa robe glissait sur le lac du carrelage alors que le hennin sublyré frôlait dans l'air l'aile des Sylphes. Elle l'agaça. Il eut envie d'être grossier, de piétiner et essuyer ses lourdes et boueuses tatanes sur les miragineux tapis de ce repli du temps, ce hautain promontoire surplombant son quotidien du bout des gants. Lui qui survivait dans la glu des cités, entre une traite à payer, une enquête routinière, un lit grinçant dans un trois-pièces imbibé de relents de gaz et de fritures rances.

Zola fronçait les sourcils face aux joliesses éthérées d'Andersen. Prêt à mordre d'une molaire plombée et caustique les candeurs suspectes de l'Ondine.

« Alors, madame, enfin levée ! » ne put-il s'empêcher de railler dans les sargasses pileuses de ses moustaches.

Blêmit-elle légèrement ? Elle se posa avec la grâce d'un oiseau de paradis sur le nid boudiné d'une bergère.

« Alors, madame ?... Madame... ?

– Éléonora de Vermerlin... »

« Et pourquoi pas Zybelline de Vergerolles, Ligéa de la Baillenbredaine ! » maugréa-t-il sous le cache-nez, les yeux las jetés au plafond où parmi les guirlandes d'apsaras son inconscient projetait l'ossature d'une guillotine. « Nom de jeune fille ?

– Éléonora Rosemonde.

– Éléonora. » Il toussa. Rosemonde. Sa femme s'appelait Victoire, sa fille Françoise. « Pouvez-vous nous fixer exactement votre emploi du temps d'hier soir ?

– Que je vous narre par le détail tous les menus faits et gestes que nous fîmes Artus et moi lors de notre... dernière soirée..., hésita-t-elle.

– C'est cela même !

– Je suis montée dans la tour nord faire lecture à mon époux. Il était environ vingt heures trente au cartel. Nous allons coucher tôt en hiver.

– J'imagine ! » Lui rentrait souvent fort tard, après d'interminables filatures dans la bouillasse et le vent. Vanné, il s'allongeait près du derrière dur de son épouse geignarde. « Et que s'est-il passé ?

– Rien de particulier, je…

– Rien de particulier, dites-vous ! On fracasse sous vos yeux le crâne de votre mari et vous trouvez qu'il ne s'est rien passé de particulier !

– Grands dieux non ! Tel n'est pas mon propos, je voulais simplement faire remarquer n'avoir rien observé d'anormal avant… le drame. Je voulais dire que j'avais apporté *Les Contes de Grimm* comme chaque soir et que…

– Pourquoi avez-vous fermé la porte à clef, derrière vous ?

– À la demande de mon époux. Il ne supportait pas d'être dérangé durant le cours d'un récit… »

Elle chuchotait presque plus qu'elle ne parlait. Sortait de ses lèvres vermeilles une mélodie liquide et cristalline qui lui rappela la sotte histoire lue dans le recueil de billevesées emporté chez lui. L'histoire d'une jolie fillette vertueuse qui – à chaque fois qu'elle prononçait un mot – laissait s'échapper un ruissellement d'or et de perles fines, cependant que la méchante fille de sa marâtre vomissait au contraire des flots de reptiles et de gluants crapauds.

« Donc, vous étiez tous deux absolument seuls dans cette pièce ?

– Voui.

– La fenêtre était-elle fermée ?

– Voui.

– Votre défunt mari ne vous a-t-il pas semblé différent des autres jours, plus soucieux qu'à l'ordinaire ?

– Non pas.

– Vous lisiez donc quand tout à coup il a été frappé, massacré devant vous !

– Mon Dieu oui ! C'est horrible !

– Qui l'a assassiné ? Comment était cet homme ? Par où est-il entré ?

– Je ne sais pas, je ne sais pas, je ne sais plus. »

Elle enfouit son visage crispé de terreur dans ses mains où pleuraient des bagues de deuil…

« Qu'avez-vous vu ?

– Rien… C'est-à-dire que si… et non. Une ombre ! Une grande ombre a jailli de la nuit… du mur… je ne sais d'où ! Un ogre, un croquemitaine. Il a brandi le chandelier. Je ne sais pas, je ne sais pas, je ne sais plus… Et puis tout ce sang ! »

Et elle enfouit encore son visage dans ses mains où pleuraient des bagues de deuil, tout au fond des flots de voiles funèbres encadrant l'ovale blanc de ses pommettes d'une sorte de catafalque.

« Et puis ? insista-t-il, irrité de surprendre au détour de ses pensées quelque chose qui ressemblait à un trouble morbide suscité par la peau laiteuse de la veuve froissée par ses crêpes rêches et ses soyeux linceuls.

– Rien de plus. Je n'ai plus rien vu.

– Vous vous êtes évanouie ?

– Je crois.

– Je vois. Connaissiez-vous des ennemis à feu monsieur le comte ?

– Aucun.

– Vous aurait-il fait part de menaces ? De quelconques problèmes d'argent ?

– Je ne puis rien en dire. Tenue très loin de ses affaires, il m'épargnait tout contact avec ces sordides questions.

– Allons donc ! Néanmoins, vous ne pouviez pas ignorer qu'à sa mort vous hériteriez de son immense fortune ! Je suis commissaire de police, chère madame, ni un enchanteur, ni un magicien sorti de je ne sais quelle poudre de perlimpinpin ! Nous ne sommes plus sur un nuage : il faut vous réveiller, en descendre, atterrir, madame, quelle que soit la brutalité de la chute ! »

Il s'agitait, claquait des doigts autour des paupières où se cristallisaient des larmes, tel un hypnotiseur s'essayant désespérément à retirer de ses comateuses limbes une partenaire trop réceptive. « Je le regrette pour vous, madame, mais l'impitoyable métier que j'exerce ne me permet pas d'accroire à l'intervention chimérique de revenants, d'ogres et sanglants Lustukrus capables d'aller et venir à leur guise à travers portes et murs ! Je suis obligé, voyez-vous, de m'en tenir aux faits, rien qu'aux faits ! Or, les voici. Premièrement, une femme et un homme seuls dans une pièce hermétiquement close. Deuxièmement, un héritage fabuleux. Troisièmement, un meurtre que personne venant de l'extérieur ne peut, d'une manière ou d'une autre, avoir commis car :

« 1. La porte est fermée de l'intérieur.

« 2. La fenêtre est également fermée de l'intérieur.

« 3. La distance du sol à ladite fenêtre est bien trop importante pour l'utilisation d'une échelle autre qu'encombrante, difficilement manipulable, qui n'aurait pas manqué de donner l'alerte…

« 4. Le lancement d'une échelle de corde ou d'un grappin est impossible à cause de l'absence totale de prise : la muraille étant en béton lisse.

« 5. Et l'existence d'un grimpeur de l'au-delà pourvu de membres couverts de ventouses demeure à mon avis fort improbable ! »

Le claquement du calepin sèchement refermé eut pour effet de surprendre Éléonora de Vermerlin dans ses frileux engourdissements, et c'est en sursaut qu'elle entendit le commissaire conclure d'un ton navré mais triomphant :

« Chère madame, ces faits parlent d'eux-mêmes et m'obligent à vous tenir pour suspect numéro un !

– Moi ! Moi avoir tué mon cher Artus ! Mais vous êtes fou !

– Je regrette, madame, mais je n'ai guère le choix, entre une meurtrière de chair et d'os et un ectoplasme bourreau, je choisis la meurtrière !

– In-com-pé-ten-ce ! Voilà le mot », frémissait d'indignation la châtelaine pareille à une figure de proue toisant du sommet de la vague un crabe de rivage. « In-com-pétence !

– Soyons logiques.

– Mais il y va de ma tête, monsieur ! Mon Dieu, que faire ? Seul le grand détective parapsychiste C. Marmaduke Perthwee pourrait m'aider. Cette affaire est suffisamment mystérieuse pour exciter son intérêt, et, de plus, ce parfait gentleman n'a jamais refusé de s'élancer à l'aide d'une veuve. Lui seul me sauvera.

– En attendant, je vous prierai de rester à notre disposition et de ne pas quitter cette maison. Au revoir, madame.

– Bonjour, monsieur. Marie, apportez-moi mon écritoire ! Paul, veuillez reconduire le commissaire. » Son index bagué désigna la porte dans un geste ample de tragédienne chassant le hallebardier de la scène.

Les Nutons, les Sotais, les danseurs de cramignons du parc firent des pieds de nez au policier lorsque, le dos rond, il passa la grille, et les merluzennes de la grille le sifflèrent de leurs langues bifides. Paul ferma la grille… et la grille enclôt le château.

III

LE GRAND DÉTECTIVE ARRIVE

Lorsque C. Marmaduke Perthwee reçut le message angoissé de la châtelaine des Ardennes, il était occupé, en ses cossus appartements londoniens, à écouter son ami et biographe Sir Roger Ackroyd jouer de la cornemuse, seul instrument véritablement capable de stimuler le « périsprit » et de provoquer les transes de médiumnité mécanique chez le détective de l'énigme métapsychique.

Son fin profil rivalisant de beauté classique avec celui d'un buste de Villanis posé devant lui sur un guéridon de bambous légers, il en caressait la nuque, les épaules lisses, les ailes trop menues, en interrogeait les prunelles de bronze…

« Continuez, continuez de jouer, Roger, ne vous arrêtez surtout pas. Je… je sens se nouer les ondes, se manifester l'imperceptible. Ce n'est encore qu'une vibration, mais je commence à deviner l'inconcevable et pourtant étroite filiation existant entre cette délicieuse statuette de la “Farfalla” et les crimes du Vampire de Kensington Garden… Une rosace arc-en-ciel ! C'est le dessin d'une aile de papillon ! Le Vanessa Io ! Il va et vient mû par l'ivresse des parfums qu'exhalent les allées d'un jardin, d'un parc !… »

Les yeux maintenant clos, ses bras battaient le clair-obscur de la pièce, imitaient un vol et, à l'étourdie, tandis que ses pieds, tendus sur les pointes se faufilaient en aveugle entre les obstacles, les poufs, les chesterfields, évitaient miraculeusement la vitrine aux porcelaines, la desserte aux argenteries.

« Il butine, il danse. Un buisson l'attire couvert de grappes violines : c'est un buddleia aux fleurs nectarifères. Oh !... Son feuillage dissimule quelque chose de froid et désespérant que je ne distingue pas encore... Un corps ! Juvénile ! Nu ! Exsangue ! C'est terrible... »

Aussi immobile et concentré qu'un échassier penché sur le miroir des eaux, il descendait en apnée au plus profond des abysses fluidiques.

« Un visage hideux, livide, Roger, est couché sur le sein de l'enfant. Mais ! Mais que se passe-t-il, le courant les éloigne, les emporte, et...

« ... Une femme, belle !... »

Et sa voix étouffée par la distance remontait par vagues, par échos ; éclatait comme des bulles à la surface du parquet.

« Une femme très blonde... Couronnée... Une comédienne assise sur un trône entouré de dragons !... Non ! ce n'est pas une actrice.

« Non ! ce n'est pas une actrice, cependant, c'est un décor... Il y a des coulisses... Elle appelle... Elle m'appelle !

« Une lettre ! »

Deux coups impératifs frappés à la porte, suivis aussitôt de l'irruption d'un imposant majordome portant plateau d'argent et de blancs favoris aussi vénérables qu'un blason, vinrent éparpiller et dissoudre les images surgies de l'Obscur et shunter les notes de l'instrument.

« Blackburn ! Combien de fois vous ai-je répété de ne pas m'interrompre en plein travail ! Tout est perdu !

– Désolé, *my lord*, c'est que l'on vient d'apporter un câble "urgent" ! Cela vient de France.

– La lettre ! Voici la lettre, Ackroyd ! Celle de la vision ! Voyons : une écriture féminine, élégante… » D'un mouvement vif, il la porta à l'oreille, sous les narines : « Encens, musc et violette », et, entre ses longs doigts nerveux, se mit à la palper : « C'est la femme blonde aux dragons. Comme c'est étrange, je la vois vêtue, environnée comme issue d'un autre âge… une vieille tour… *Good Lord*. Du sang ! »

Le tranchant de l'ongle décacheta l'enveloppe. « Que nous demande-t-elle de façon si pressante ? »

Sauvez-moi, à l'aide.

La police française ne croit pas aux fantômes. Votre très dévouée, malheureuse, mais fidèle admiratrice.

ÉLÉONORA DE VERMERLIN
Château du Val aux Sotais
Hauts Buttés. Ardennes.

« En route, cher Roger ! Une dame en danger nous attend ! Prenez des vêtements chauds, l'hiver est rude en Ardennes !

– Les Ardennes ! En France ! Mais vous n'y pensez pas, Perthwee !

– Je subodore une dame fourvoyée entre les

mailles d'une machination extrêmement dramatique ! Faire appel à moi révèle également une rare lucidité ! Je la devine sensible, adorablement artiste, sensuelle mais si vulnérable... C'est une médium, Roger. Je le sais !

– Ces affaires vous perdront, cher !

– Cher ami et talentueux biographe, vous ne souhaiteriez tout de même pas que je devienne gaga et grincheux comme certain détective refoulé de grand renom que nous connaissons tous deux. Vous n'êtes pas sans ignorer jusqu'à quelles extrémités sa misogynie et son rationalisme maladif l'ont conduit ! Les meilleurs clubs lui ont fermé leurs portes, et, hormis quelques apiculteurs déviants, et pétuneurs de cendres froides, on l'évite !

– Je sais, je sais.

– Les femmes-fées, les lapins et les fantômes sont mes seules passions, encore que ces trois choses se fondent bien souvent en une seule et même alchimie. Seuls les femmes-fées et les lapins perçoivent les messages des ectoplasmes qui nous entourent. Ce sont les merveilleux réceptacles de l'Indicible. Ainsi, aimer une femme, dialoguer avec un lapin, c'est flirter avec les revenants, Roger... C'est les suivre le long des lacis buissonnants jusqu'au seuil du jardin secret.

« Écoutez le murmure de leurs âmes dévoilées, ressemblez-leur, et les portes s'ouvriront !

« Blackburn ! Préparez ma valise numéro quatorze : la “Pâques fleurie” voulez-vous.

– Mais, *my lord :* ces “déjeuners de soleil” ne sont point de saison. Laissez-moi vous suggérer, au moins, la malle “Cosaque d'automne”.

– Il n'en est pas question. Déconcerter le mauvais temps, c'est aussi tromper l'ennemi ! Je veux pour cette dame apparaître à mon extrême avantage ! Seriez-vous assez aimable, cher Roger, de jouer encore, tandis que je me vêts, un air exaltant. Quelque chose comme “Scotland the Brave”, ou “Highlanders en avant !”. »

C. Marmaduke Perthwee passa dans sa chambre – ou disons le château arrière du *Hollandais volant* échoué sur une grève de coussins, et, devant la psyché, talqua, oignit de crèmes et de fards son délicat corps d'archange. S'enveloppa d'une chemise au col de Valenciennes qu'il enserra dans un flot de cravates soyeuses, se corseta d'un gilet moiré, moula ses hanches d'une culotte de turlutine, se botta de cuissardes à hauts talons, se redingota de mauve, s'encapa de vieux rose. Puis sa tête soyeuse, aimablement décoiffée, reçut le petit chapeau coquet qui faisait se pâmer les divas et les dandies du Tout-Londres.

« Ah ! Marmaduke ! Vous me surprendrez toujours ! couina en son bag-pipe le bon Ackroyd quand, enfin équipé, le célèbre privé, remercié pour on ne sait quelle fallacieuse raison de Scotland Yard, réapparut canne au poing sous les lustres du hall.

– Allons, Ackroyd, partons affronter les Guivres de la Meuse ! »

Un cab les déposa à la Royal Unicom Station, et le train les mena jusqu'à Dreyer où ils attrapèrent le bac. La mer fut houleuse juste ce qu'il fallait pour rosir les pommettes de Perthwee qui, comme un enfant agrippé au bastingage, s'amusait à gober des gouttes salées d'écume. Ils laissaient dans leur sillage la collineuse campagne de la vieille Angleterre des pubs paisibles, des auberges aux enseignes évoquant le temps des diligences, la longue traîne blanche des falaises de Douvres.

Et puis ce fut Calais et ces paysages aplanis par le vent, par le poids immense des ciels et des cités de nuages où se tiennent les jugements derniers des primitifs Flamands. Ces ciels que brassent les ailes des moulins enracinés au bord des canaux de lentes eaux grises, où des villes traversées ont abandonné des reflets de dentelles de pierre, des échos étouffés de kermesses, de poussières de carillons. Ils essayaient d'en retenir quelques images pour les garder plus tard collées à l'album des géographies de la mémoire.

Le train glissa sur un nœud de rails luisants et les lignes se brisèrent. Les terres grasses des cultures s'appauvrirent, s'ensauvagèrent de broussailles méchantes. La ronce se mit à ramper à travers champs, menant avec elle sa horde végétale, boutoir à ras la glèbe retournant, rebroussant, mastiquant jusqu'à l'os l'antique massif. Les villages éclatés à l'éboulis des cahots jaunirent et se recroquevillèrent en bauges, en tanières contre l'assaut des froids…

La voie s'encaissa… et l'harmonie se fit farouche.

L'éclat des neiges éblouies frappa les vitres du wagon lorsque, émergeant d'un tunnel, ils entrèrent dans les blancheurs pétrifiées de la Vallée des deux rivières. Déchirées par la locomotive, les brumes basses s'effilochaient, remontaient les pentes boisées, planaient comme de pâles et fantomatiques dragons au-dessus de la vaste Brocéliande ardennaise…

« Saviez-vous, cher ami, que le Merlin de par ici a pour nom Maugis ? »

Son attention partit se perdre vers les confins forestiers qu'il avait déjà devinés à travers les aquarelles qu'Arthur Rackman, son illustrateur préféré, avait saisies de la Semoy, suggérant que sous les fougères et le couvert des conifères grouillait l'activité fébrile et musarde du monde enchanté du *Songe d'une nuit d'été*…

« Une délicieuse angoisse me taquine le creux de l'estomac, ce que les spirites appellent "la griffe", *dear* !

– J'aperçois une tour ardoisée de bleu. »

Le train ralentit dans le soir tombant, souffle et crisse, la fumée blanche des vapeurs nimbe la gare où ils s'arrêtent et descendent.

« Monsieur le détective C. Marmaduke Perthwee, je présume ? s'incline Paul sur le quai auréolé d'un fuligineux réverbère.

– Lui-même.

– La voiture vous attend. »

IV

LE GÉNIE ET LA DÉESSE

La route serpente et passe sous les racines de chênes gigantesques. Tantôt le ciel étoilé projette un paysage peint aux couleurs d'une plaque de lanterne magique, tantôt tout s'éteint et ils s'enfoncent dans l'encre d'une gravure romantique – une œuvre au noir – où le blanc ne sert qu'à souligner les profondeurs de l'ombre. En contrebas – mais les vertiges ne sont-ils pas sans fond ? – des lueurs clignotent : villages éclairés ou marmites de sorcières ? âtres champêtres ? bûchers de sabbat ?

« Ackroyd, seriez-vous assez chic pour empoigner votre fidèle cornemuse et nous émouvoir d'un lament ; la complainte de l'infortunée Lady of Shalott me semble parfaitement convenir au climat de cette épique randonnée. Jouez, Ackroyd, et avivez de vos accords l'hydre numineuse de mes abîmes. Je pressens qu'une voix m'interpelle du néant ! »

C'est ainsi que chouettes et hiboux sursautèrent sur leurs perchoirs lorsque l'automobile à musique fit son entrée dans l'enceinte flamboyante du château. De la poterne au perron, aux angles des créneaux et de chaque côté de l'allée centrale, crépitaient des rangées de torchères et de braseros.

Un étendard déployé claquait à l'ogive du porche.

Les yeux verts de Perthwee se levèrent vers les neigeuses colombes qu'une main, dès leur arrivée, avait lâchées d'une meurtrière. Puis glissèrent sur le gravier, gravirent chaque marche jonchée de genêts sauvages jusqu'au dernier palier où la Dame l'attendait.

Éléonora !

Elle aurait pu attendre son sauveur au salon, ou dans la chambre des gardes, debout devant la haute cheminée armoriée, la tête auréolée d'un faisceau de dagues et d'épées, mais elle avait préféré la phosphorescence lunaire et les jeux des vents d'hiver pour paraître, enveloppée d'un manteau-calice bordé d'hermine que les bises faisaient ondoyer. Sa robe argentine plaquée contre son corps la statufiait en cariatide d'albâtre. Dieu ! Que son visage nimbé d'iridescences astrales émergeait divinement du flot vaporeux des voiles agrafées au hennin. On eût dit l'Ophélie de Millais couchée dans son linceul liquide.

Emprisonné par les lacs d'un charme, Perthwee monta mécaniquement les ultimes degrés où la main diaphane se tendait pour être cueillie – un artiste du cinématographe eût sans doute tourné cette scène au ralenti, avec filtres et flous vissés à l'objectif. Saisi d'une inspiration soudaine, Roger Ackroyd modula à pleins bourdons les orgues d'une marche majestueuse et grave. Et c'est les yeux embués de larmes mélancolieuses que les effraies émues quittèrent le donjon en quête de chevaleresques soupirants.

Tous s'engouffrèrent à la suite de l'altière hôtesse, sous les arcades de la grande salle, foulèrent des fourrures d'ours, des dépouilles et hures encornées de sangliers. Les fauteuils surmontés de cygnes furent rapprochés de la vaste table ronde surchargée de mets saignants et dorés, de paons bleus servis queues flabellées, jambons en gelée piqués de pistaches, de croustades de venaisons en jus, pâtés d'anguilles confits au genièvre, brioches d'Ardennes fourrées de boudins blancs truffés sur béatilles à la Gerine de Treffendel, faisandeaux et ramiers en braisières qu'accompagnaient de hautes flûtes de vieilles vignes, flacons de pétulants bourgognes, de vénérables bordeaux.

Marie pour l'occasion s'était glissée dans un tutu de deuil, et ses ongles incarnadins couraient, pinçaient, frôlaient les fines cordes d'une harpe comme l'Elfine accorde la gamme des zéphirs.

Les joues gonflées d'un radis, Perthwee, rassasié, se pencha vers l'aura croustillée d'ambre et d'or qui émanait de l'entour de sa voisine. « Alors, ma Dame, je vous écoute, souffla-t-il, appuyant méditativement l'index contre la tempe, le majeur à la fossette du menton, racontez-moi tout. » Et la paupière mi-close, le sourcil attentif, l'oreille recueillie, il s'enfonça dans le récit que nous savons déjà.

Enfin, lorsqu'elle se tut, il rayonnait…

« Ce n'est plus une simple énigme, madame, mais une brèche ouverte sur l'enfer ! Que ce soit là intervention maline, ou quelque machination ourdie par un esprit diabolique, la fragrance du soufre suinte dans ces murs ! Menez-moi vers cet endroit où le mal est tapi. Allons de ce pas explorer la tour. Le fer est engagé et l'Adversaire le sait, comme il devine que désormais son temps est compté. Aucun mystère ne résiste à Marmaduke Perthwee. »

Rejetant d'un exquis mouvement de tête une mèche dolente de son front, le détective d'une révérence invita la Dame à les devancer, à les mener par les escaliers suspendus à leurs pas, vers la chambre funèbre. Les ombres reculaient, semblaient vouloir éviter l'atteinte du chasseur de ténèbres. Autour de la procession allait et venait, d'un lancé-pointé de ballerine, Marie, dans ses tulles de papillon de nuit.

« Je sens la mort », gémit Perthwee, au seuil de l'affreuse touraille. Il passa son profil dans un mouchoir de lin vierge, renifla dedans afin de se nettoyer de toutes autres influences olfactives et mettre en émoi la palette de ses papilles nasitives. D'une détente de maestro, sortit de ses manchettes ses mains dont les terminaisons tactiles s'employèrent, en pianotant l'atmosphère, à épier les contacts sourdant des lieux souillés.

« Oui, je sens, je sens une présence… une présence terrible, machiavélique tout près de nous et qui me nargue. Roger, musique, je vous prie, doucement… doucement. Je respire, j'appréhende… je vois un être brun et fort athlétique… Ce chandelier est glacé : c'est l'arme de la mort. Lorsque je le touche, un visage se précise mais s'estompe sous le commandement d'une autre présence. Il y a ici deux fantômes et quelque chose d'absurde qui se moque et me défie… Une farce… Une mystification spectrale !… Si ! Oui !… Silence, Roger, j'entends !… Écoutez !… »

Il évasa du bout des doigts la conque ourlée d'une oreille, et, pavillon et visage tendus à l'extrême, souffle éteint, on entendit tintinailler un pleur de fer dans le lointain.

« Madame ! Messieurs ! C'est la police ! » vint d'une halenée claironner Paul.

Et les pas pesants des trois petits cochons cloutèrent la réverbération des corridors, raclèrent les marches, labourèrent les paliers avant de se matérialiser – à trois de front – en obstruant l'encadrement.

« Messieurs-dame, bonsoir !

– Bonsoir messieurs.

– Quelle Tafiolle échappée d'une bonbonnière à Musepètes est-ce là ? grognonna, derrière le celluloïd renforcé du faux col, le commissaire, jaugeant Perthwee d'un regard de catéchèse saisie par l'intrusion d'un priapique Succhor-Bénoth au plein mitant d'une tisanerie pascale.

– Quel est donc ce trou noir cosmique ? gémit sous le jabot Perthwee parant d'un regard en quarte renversée l'estocade de l'adversaire pour feinter en septime, battre, dégager de pied ferme et, d'un coup droit, pourfendre la prunelle porcine du gras divisionnaire. Monsieur ! jeta-t-il en étudiant le glacis tendre de ses ongles. Vous êtes un goujat, accuser d'un crime aussi odieux une gente Dame ! » Et le musical accent *so british* redoublait les inflexions d'estafilades narquoises... « Ainsi, vous affirmez que cette Lady a défoncé le crâne de son cher compagnon à l'aide de ceci, cet énorme objet contondant ! L'avez-vous seulement soupesé ?

– Ma foi, effectivement, il est fort lourd.

– Lourd pour vous ! Alors pour madame ! Déjà le soulever de terre lui serait très pénible. Lors, quant à le brandir ! Et ce n'est pas tout. Combien mesurait la victime ?

– Quelque chose comme un mètre quatre-vingts, à peu près.

– Et madame, un mètre soixante-sept tout au plus, n'est-il pas alors évident qu'il lui soit raisonnablement impossible de le frapper à la tête !

– Mais il était assis !

– Le coup a été donné par-devant, non par-derrière, le malheureux a donc vu son agresseur. S'il s'était agi de son épouse, il l'aurait désarmée sans peine.

– C'était un vieillard.

– Allons donc ! Déséquilibrée comme elle aurait pu l'être par le poids d'une telle masse à manier dans l'espace, Éléonora de Vermerlin serait tombée à la moindre poussée…

– Peut-être. Sans doute tout cela est-il un peu tiré par les cheveux, mais enfin, cependant, on sait que personne d'autre n'est entré dans cette chambre !

– Qui sait ? Ackroyd, vous souvenez-vous de l'affaire du fantôme de Cabell Lodge ?

– Ah non ! protesta le commissaire, je vous prie, pas de contes de fées !

– Tut ! Tut ! Tut ! Je sais de quoi je parle et je n'ai pas précisé qu'il s'agissait d'une créature éthérée ! Mais les murs ici chuchotent, ils causent, ils racontent, ils dénoncent ! Je suis à peu près certain que cette muraille recèle un secret. Et mon stéthoscope hypotyposique va, sans plus tergiverser, m'en instruire de ce pas davantage. Voyez. »

Précautionneusement, Perthwee s'adapta dans les tympans les embouts caoutchouteux d'un appareil mutant sorti de son Gladstone en tapisserie dont il appliqua le pavillon terminal à même le béton, s'en allant sonder au plus dense les rumeurs de la matière.

« Certes, les matériaux modernes ne possèdent ni la résonance ni les qualités émotionnelles des pierres nobles. Toutefois, nous remarquerons qu'ici l'intense passion d'une âme forte a chargé le lieu de mystères et a imprégné, a imbibé l'ensemble inerte de la construction de sa propre rayonnance. Et, à la façon d'une pile, elle a réussi à "allumer" l'édifice d'une qualité de vibrations perçues uniquement au contact épidermique de demeures philosophales, de maisons alourdies par la richesse de l'Histoire et des siècles, là où croît l'Esprit. Mais, chut, j'ois... Confusément, mais j'ois... » Et ignorant la dague assassine du policier rural tout enfulminé d'indélicates allusions cathéristes, lui tournant le dos, il se pencha contre les parois sur lesquelles ses doigts écartés en éventail se mirent à ramper, à caresser, à effleurer. Sa joue également se promena le long de la surface rugueuse.

Tous l'observaient – qui goguenards, qui admiratifs. Il tournait autour d'eux, suivant le cercle fermé de la tour. Tournait plus vite encore une ronde affairée, une ronde enféee qui gagne le hors-venu d'un vertige, d'une irrésistible envie de tourner.

Il tourne et ils tournent avec lui.

Soudain son regard scintille...

« C'est ici ! C'est là ! » Et ses mains s'espacent d'une voltige, frémissent en l'air, avant d'imprimer une poussée sitôt récompensée par un crissement, l'apparition d'un interstice, d'un entrebâillement. Puis le lent basculement d'un coin de mur sur une humide béance.

« Oh ! s'exclament les spectateurs, une chambre secrète ! un escalier dérobé !

– C'est par là, Madame, mademoiselle, messieurs, qu'est entré et sorti l'assassin ! Un assassin que je soupçonne musculeux, fort bien fait et habile de sa personne et, me semble-t-il, toujours à l'affût quelque part dans les parages. Mon travail ne va pas au-delà de ce seuil. Mon enquête s'arrête ici ! Musique, Ackroyd ! Musique ! »

Sans doute a-t-il besoin des chaleureux artifices du bag-pipe pour étouffer l'élan amoureux qui s'esquisse, lance ses rets, tisse déjà ces lacs ardents qu'il se doit de rompre avant qu'ils ne l'entravent.

« Je n'oublierai jamais, monsieur. » À la lisière des voiles, les yeux d'escarboucle d'Éléonora promettent tant des rives bienheureuses. « Restez au moins cette nuit… »

Mais il sait que les amours des femmes-fées tombent à l'aube en poussière lorsqu'on les concrétise. Que les cuirasses des paladins rouillent au sillage de leurs traînes. Que ces éternités jamais ne s'atteignent et qu'un jour Mélusine, trahie par un oubli mortel, d'un triste soupir s'en retourne chez elle, laissant au cœur du remords les promesses de l'Éden faner une seconde fois.

Et cette fois, pour toujours.

« Je ne peux, toussote-t-il d'une voix enrouée, une affaire m'attend dans les ruelles de Whitechapel ! Peut-être un jour nous reverrons-nous, ô belle châtelaine. Commissaire, ce sombre et sordide boyau vous conduira tout droit sur la piste du coupable : bonne chance ! Roger, la statue de Peter Pan nous réclame ! »

C. Marmaduke Perthwee se retourna une fois encore avant de s'enfoncer définitivement dans l'hiver. Tout en haut de la roche, tout en haut de la tour, Éléonora, profilée au centre de l'astre lunaire, agitait les ailes de son hennin en un elfirique adieu…

V

LA CONCLUSION TRAGIQUE

« J'incline à penser, mon cher Ackroyd, que les liens qui unissent le capitaine Crochet à cette symphonie de Sibélius ne sont pas étrangers avec les agissements de l'enfant perdu de Kensington ; il me répugne à conclure que le Boucher de East End et le talentueux chef d'orchestre à la dextre manquante qui, à l'heure qu'il est, interprète au Lyceum Theater cette œuvre d'un romantisme si inspiré seraient alors une seule et même personne.

« Hélas, comment une aspiration aussi angélique peut-elle autant déchoir et se corrompre, se complaire à épouser la fange. Comme j'aimerais parfois me tromper, Roger… pouvoir de temps à autre remonter aux sources des Jadis sans autre préoccupation que suivre le mouvement d'un cerceau roulant par les allées, sans voir les massifs de pivoines dégoutter de sang, sans trouver le corps souillé d'Alice au fond du labyrinthe… Hélas, oui, j'en suis maintenant certain ; la baguette du Maître, à chaque solstice, se transforme en rasoir ! »

Perthwee souffla dessus mais ses déductions, mais ses pensées moroses, au lieu de disparaître, ne firent que se disperser plus haut, au creux des nids à poussière. Se posèrent sur le houppier hivernal d'un lustre, mais ne se dissipèrent pas comme le font à l'ordinaire les pensées qu'on laisse se perdre tout au long d'une journée – qui, aussitôt infusées, disparaissent à la surface des vitres en même temps qu'une buée, ne laissant rien d'autre qu'une pincée de tic-tac aux instants écoulés…

Il soupira et, entraînées par le courant de l'haleine, elles revinrent s'engouffrer au fond de ses poumons. C'est le lot – dit-on – du détective des contes, et c'est pour cette raison qu'il en existe si peu.

Heureusement, la toute proche présence d'Ackroyd travaillant d'arrache-pied à couvrir d'une écriture épaisse et serrée les pages d'un copieux volume consacré aux mirobolants exploits de Perthwee – sa pipe de bruyère crachant un tabac de faubourg et de terre labourée, la veste de grosse laine jetée sur les robustes épaules et encore imbibée des réalités du dehors – tout cela grognant, grattant, remuant avec autant d'obstination qu'un poêle à charbon, l'empêchait d'avoir recours à certaines solutions à sept pour cent…

Il suffisait de se laisser porter par la rumeur du vent, le crépitement des braises, les chères et indicibles distillations qu'on offre à celui qui s'y abandonne ; l'Esprit des lieux et l'angoisse s'enfuyaient, chassés par les influences amies.

D'une pichenette, Perthwee octroya aux lares une prise de Peppermint Snuff du Dr Rummey, s'en glissa une autre dans la narine puis, se tournant vers le scribe sourd à son laïus, entreprit à l'aide d'effets de lumières captés par une loupe de le distraire de sa tâche. À projeter le rayon dansant sur le papier, titiller la plume, remonter le long des moustaches, taquiner la prunelle : en vain. Absorbé dans son travail, le biographe biographait laborieusement, le nez enfoui dans les notes, les coupures de presse, les vieux journaux qu'il tirait de lourds classeurs emplis d'articles, de reportages et comptes rendus d'enquêtes impossibles que le Maître, une fois de plus, avait magnifiquement résolues… chassait d'une main le lumignon comme on chasse le harcèlement d'une mouche.

« Ah ça, Roger Ackroyd, aurez-vous bientôt fini ? » D'une fulgurante détente, il confisqua le feuillet et, narquois, contrefaisant sa voix, en joua la lecture : « Allons bon, êtes-vous bien sûr que je puisse ainsi ficelé, suspendu dans le vide, un pistolet braqué sur la tempe, envoyer d'une simple concentration un rocher à la tête d'un adversaire aussi coriace que ce fameux Black Squire du Dartmoor ! Enfin, puisque vous l'affirmez avec autant d'impétuosité ! Hum... une remarque pourtant. C'est curieux, je n'arrive pas à comprendre pourquoi, lorsque vous narrez nos aventures, vous évitez toujours de vous mettre en scène.

– Vous allez rire, mais je ne supporte pas les histoires policières écrites à la première personne. Superstition ou non, ça me donne froid dans le dos !

– Tiens, vous m'en direz tant ! » Mais son rire n'est qu'un toussotement sans joie, l'appel alarmé d'un Obéron désenchanté, un de ces échos qu'Ackroyd connaît bien et redoute.

« Aimeriez-vous entendre le dernier succès de Gilbert et Sullivan : l'air des "Pirates de Penzance" ?

– Merci, Roger, ça ira...

– Le lament de la Lady of Shalott, peut-être ? » Le sourcil soucieux, il a troqué la plume pour le bag-pipe dont il accorde déjà les bourdons.

« Laissez donc votre instrument, Roger, la plainte du vent dans la cheminée suffit à mon humeur.

– Vous, vous songez encore à... aux paysages des Ardennes ?

– Je ne puis cacher que cette châtelaine encore me hante, cher, mais passez-moi donc le courrier que j'ai omis de décacheter, peut-être y trouverai-je quelque remède à la mélancolie, l'offre d'une nouvelle affaire assez ardue pour m'accaparer l'esprit. Je viens à l'instant de résoudre celle, somme toute tristement décevante, du Boucher de l'East End, une autre serait la bienvenue ! Tiens donc, une missive de France ! » Et son visage rosit le temps d'un espoir, d'un battement plus leste du cœur, avant que la déconvenue en éteigne le fard. « Ma foi, ce n'est qu'une lettre du bélître, ce grotesque commissaire.

– Que se passe-t-il, vous blêmissez ?

– Le cuistre m'annonce, avec tout ce qu'il peut de sarcasmes à peine voilés, que l'escalier secret ne menait nulle part. Qu'il ne s'agissait, en fait, que d'un effet de décor, une mystification architecturale de plus, comme tout ce château de carton-pâte. Une farce, Roger, une déplorable farce ! »

Il s'est dressé, le poing chiffonnant rageusement le brouillon fielleux et cocardier. Sa robe de chambre à jabot, drapée telle une toge se déployant autour de lui, balaye le bureau, emportant les pages du manuscrit, journaux et papiers, les éparpillant au sol comme de grands papillons morts.

« Marmaduke, je vous en prie, vous marchez sur vos exploits ! »

À quatre pattes, Ackroyd moissonne sa prose mêlée aux documents, les ôte prestement de dessous les enjambées enfiévrées du Maître. « Pourriez-vous, s'il vous plaît, lever un instant votre pied ? » Il dégage un feuillet froissé, l'aplanit du dos de la main, et, les yeux exorbités, reste muet.

« Qu'avez-vous ?

– Voyez vous-même. » Tous les méchants gels du dehors ont blanchi sa voix.

Ce n'est qu'une publicité vieille de dix ans imprimée au dos d'un compte rendu relatant le triomphe de Perthwee lors de l'arrestation du Zombi de Buckingham, une simple publicité qui annonce à banderoles déployées et avec force superlatifs la venue à Londres d'un cirque de renommée mondiale, le Cirque Bénévol, que le Maître parcourt fébrilement. « Le Roi du Mystère », « La malle des Indes »... ses désintégrations corporelles... Mais c'est l'image : pleine page, aux couleurs si criardes, si crûment expressive, illustrant un des numéros de music-hall qui le fait chavirer, se retenir à deux mains au dossier pour ne pas d'effondrer.

« Damned ! Vite, au Manoir aux Sotais. Blackburn, nos manteaux, et veuillez télégraphier ceci au commissaire... »

Douvres figé de frimas avec un détective qui arpente en cape violette les quais du port gommés par le fog. Un navire fantôme emportant un détective aussi pâle que les crayeuses falaises qui s'éloignent. Calais aux sables blêmes. Une Flandre en pluie. L'Ardenne épaissie d'hostilités tapies et les Hauts Buttés qu'un détective à l'âme émiettée traverse au fond d'une cahotante patache. La pente enfin du Val aux Sotais balafrée par les éclairs d'un orage d'hiver qu'un détective affronte…

Un château noir à la herse duquel attend une redoutable Peugeot chargée de policiers.

Un ami dont la cornemuse s'est tue…

Puis c'est une porte qu'on ouvre, une enfilade de couloirs, une armée d'armures grises, un rideau qu'on écarte… et la plus belle des femmes-fées assise au bord des flammes qui s'étonne, se raidit et s'effare…

Je vis des rois pâles, des princes aussi,
De pâles guerriers, d'une pâleur de mort, et ils étaient tous ;
Ils criaient : « La Belle Dame sans Merci te tient en esclavage ! »

récite Perthwee pour lui-même. « Ah, madame ! Ma Dame ! » et sa voix est brisée. Il lève la main vers le hennin qu'il arrache d'un revers.

Un cercle d'hommes silencieux cerne la châtelaine dont la chevelure, alors, s'épand, révèle un automne de Gorgone… Une forêt de cheveux ruisselle et déborde, une cascade d'or de tresses et de mèches folles, de guiches, d'entrelacs, une écume de nattes qui encore se déroule, dénoue sa tumultueuse vague comme une source grossie par le dégel des neiges de Noël.

« Messieurs, commissaire, je vous présente Elvira Rapunzel : la femme à la chevelure de fer, qui fit la gloire du Cirque Bénévol ! Regardez cette image… »

Des cheveux dénoués glissent encore sur ses épaules, les bras ; lui recouvrent le corps qu'elle dégage comme on rejette les pans d'une cape. Le flot s'éclabousse à terre et coule sur le carrelage, inonde les pieds de Perthwee qui, déployant l'affiche, désigne le dessin d'une femme en costume de scène, les talons liés à un trapèze, la tête en bas et offrant à un partenaire beau et bronzé une tresse démesurée à laquelle il grimpe, sous l'œil fasciné d'une foule de spectateurs. Le texte dessous, en majuscules ornées, commente ainsi l'exploit : « Ils vous feront frémir : Alvarez et Rapunzel, la femme aux cheveux de fer où s'accrochent même les hercules ! »

Et le visage de cette créature et le visage d'archange d'Éléonora n'en font qu'un seul.

Rapunzel, Rapunzel
De tes cheveux fais une chaînette
Rapunzel, Rapunzel
descends-moi tes cheveux…

« Eh oui, messieurs, comme dans le conte, c'est ainsi qu'elle fit entrer l'assassin dans la chambre close : par la fenêtre ! Une fois son mari endormi, sans doute par quelque poudre, elle jeta dans la nuit, le long de la tour, cette échelle soyeuse, qu'en bas, Alvarez, son partenaire de toujours, guettait. Il monta sans difficulté, accomplit son horrible forfait et redescendit de la même façon qu'il était grimpé. Ensuite, la misérable referma la fenêtre, poussa deux cris : un grave, un aigu, et simula un évanouissement.

« Le reste, vous le connaissez. Elle fit appel à moi sachant qu'influencé par sa beauté, l'étrangeté des lieux, je suivrais les pistes miragineuses que perfidement elle me tendait en suggérant les ombres, les fées, le croquemitaine…

« Pendant ce temps, Alvarez, caché dans une auberge plus loin, attend que l'affaire se tasse, que la belle hérite puis le rejoigne pour disparaître avec elle vers d'autres cieux !

– Ainsi tout était donc prémédité depuis longtemps ?

– Depuis le jour où elle fit connaissance de ce vieux doux rêveur éperdu de féerie. Elle tissa autour de lui les filandres de sa toile de veuve noire. La Belle Dame sans merci enfouit sous le hennin le piège de lin d'or qu'elle ne déroulait que pour lui, qu'il caressait et chérissait, sans se douter qu'il s'enveloppait dans les replis de son propre suaire.

« Elle fut pour lui Morgane, Viviane, la Reine des Fées. Celle qui emporte à jamais le mortel de l'Autre Côté du Monde.

– Elvira Rapunzel, au nom de la loi, je vous arrête. »

Elle fit un pas vers le commissaire, puis trois pas en arrière, dégrafa sa robe et parut corsetée dans un maillot de cirque, très échancré, qui galbait des hanches pleines et rondes. Ses belles jambes gainées de résilles noires aussitôt ondoyèrent. Ses bras nus haut levés glissèrent dans ses cheveux, les déployèrent en fleur, en étoile, en ailes.

Elle attendait qu'on l'acclame et guettait le projecteur de lumière qui allait venir illuminer sa guêpière à paillettes. Ce furent les rayons de la lune qui descendirent lui offrir les cercles de la piste.

Elle sourit, salua, envoya des baisers, fit de gracieuses révérences puis commença à rassembler, à tresser en corde ses cheveux, tout en regardant si, du haut du chapiteau, moulé d'un fourreau resplendissant, son roi n'allait point paraître…

Elle attendit longtemps. Même dans le panier à salade, elle guettait toujours Pierrot dans le feu des halos…

C. Marmaduke Perthwee, resté seul sous les voûtes désertées, face au cirque lunaire, applaudissait encore.

Barbe de Grive

– À qui appartient cette belle prairie verte ?
– Elle appartient au Roi Barbe de Grive.
Si tu l'avais épousé, elle serait à toi.

GRIMM

Il était une fois une damoiselle rose et rousse dotée de tous les avantageux apanages propres aux vraies princesses – celles à qui un petit pois glissé sous cent matelas, en leur dormant, torture la peau de lys. Elle passait ses jours, comme il se doit, à ne rien faire de ses dix doigts, sinon se mirer, se coiffer, se manucurer. Ou bien, la mode n'étant plus au teint d'ivoire et veines bleues, à bronzer au bord de ses piscines et toutes les nuits à sortir en boîte.

À dire vrai ce n'était pas sa pantoufle qu'elle abandonnait aux douze coups du clair de lune !

Or si, insatiablement, la gourgandine se complaisait au marivaudage, libertinait et consommait à en décrocher les baldaquins, c'était toujours en compagnie de douteux pointeurs, de gandins, de snobs noctambules, mais jamais, au grand jamais, avec de nobles et gents partis censés lui offrir l'anneau d'or du mariage.

Toujours, elle repoussait dédaigneusement ses prétendants qui, avec quelques espoirs, s'en venaient dès potron-minet faire antichambre pour s'en repartir bredouilles et fort marris à la brune. Trouvant l'un, président-directeur général, trop vieux, ce jeune financier trop gros, cet autre-là trop maigre, trop chauve ou fat... Mais, surtout, se moquait-elle d'un brave roi de la couture de haut luxe aux rondes rentes mais dont le menton présentait une légère asymétrie.

« Tiens ! se gaussait-elle, il a le menton de travers comme le bec d'une grive... C'est Barbe de Grive ! »

Comparaison plutôt téméraire d'ailleurs étant donné ses médiocres connaissances ornithologiques.

Sot sobriquet qui, cependant, resta collé aux basques du malchanceux galant car dès lors que, dans une soirée, un dancing, un casino, dans tous les lieux mondains, il apparaissait, on disait : « Tiens ! Voilà Barbe de Grive ! »

Et le temps passa avec sa ronde de saisons et ses solstices de givre ou de primeroses nichés dedans.

Un beau jour, le père de la belle, excédé par les fielleuses rumeurs qu'on colportait sur sa fille quant à ses scandaleuses pratiques, la fit mander en son bureau tout de lambris vernis et, avant même qu'elle n'entrouvrît sa bouche bigarreau, la menaça ainsi :

« Mon enfant, tu m'énerves et de tes petits jeux j'en ai jusque-là ! » Sa main balaya la couronne de ses cheveux d'argent. « Aussi, si tu n'épouses point le premier de la foule d'aspirants qui à ta porte en ce moment attend, je te déshérite céans ! »

Ce fut donc celui-là sur la liste, un armateur plus trop frais, gras, mais très riche.

On célébra avec grandes pompes et petits pages les épousailles. Au sortir de la messe elle vit une belle voiture.

« À qui appartient cette belle auto-là ? demanda la nouvelle mariée.

– Elle appartient à Barbe de Grive…
Si tu l'avais épousé, elle serait à toi.
– Hélas ! pauvre jeune fille que je suis
Que n'ai-je épousé Barbe de Grive ! »

Et bien que son mari lui payât la même, c'était celle de Barbe de Grive qu'elle eût voulu conduire !

Un autre jour, alors que bras dessus bras dessous ils se promenaient au bord de l'eau…

« Oh ! à qui appartient ce joli bateau ?
– Il appartient à Barbe de Grive…
Si tu l'avais épousé, il serait à toi.

– Hélas ! pauvre jeune fille que je suis
Que n'ai-je épousé Barbe de Grive ! Et cette villa que j'aperçois là-bas ?
– Elle appartient à Barbe de Grive…
Si tu l'avais épousé, elle serait à toi.
– Hélas ! pauvre jeune fille que je suis
Que n'ai-je épousé Barbe de Grive !

Et la nuit, au creux de l'alcôve, alors que trop vite son époux s'endormait…

« Quels sont ces doux soupirs
Qu'au fond du parc j'ois ?
– Ce sont les plaisirs que prodigue sans compter Barbe de Grive…
Si tu l'avais épousé, tu les…
– Ah ! c'en est trop ! » Et la belle, sur la pointe des pieds, s'en fut faire ses valises. À la minuit, elle cognait à l'huis de Barbe de Grive.

« Je vous attendais ! » murmura-t-il.

Elle se pressa contre lui, ouvrant larges ses lèvres prometteuses.

« Prends-moi ! » susurra-t-elle.

Dans la tour il l'emporta… Et le temps passa avec sa ronde d'aubes et de crépuscules, ses rossignols et ses alouettes nichés dedans…

Le temps passa, le temps passait et, tandis qu'il passait, l'amante rousse devenait de plus en plus capricieuse, exigeante : réclamant cela, quémandant ceci.

« Je veux ce chapeau-là, ce chapeau-ci, cette fourrure de zorille, ce manoir breton, un nouvel hydravion. » Mais lorsque le doux amant en récompense mendiait son dodu dû, de plus en plus fréquemment elle s'esquivait, faisait la sourde oreille.

« Non, point ce soir, cher, je suis lasse ! Non, point ce jour, cher, je suis si fatiguée ! »

Fatiguée ! penses-tu ! fulminait Barbe de Grive. Elle me gruge. Elle veut tout sans rien donner. Elle veut tout pour elle, l'amour, l'argent ; elle ne sait pas « qu'un bonheur c'est tout le bonheur, deux, c'est comme s'il n'existait plus ». Et la colère entra en lui. Et chaque jour que l'égoïsme de la belle augmentait, augmentait aussi la colère en Barbe de Grive.

Une fois qu'ils prenaient des vacances sur la côte de la mer bleue, là où le sable se poudrait d'or, se cristallisait des nacres de fins coquillages, elle revint de la plage plus tôt. Il faisait chaud, des oiseaux dolents chantonnaient mollement dans les pins du jardin. L'air âcre-doux se mêlait aux sèves et miels des lourdes buissonnances. La fraîcheur de la chambre s'entrouvrit lorsque la belle entra... Barbe de Grive lisait les vieux contes d'Ingoldsby en vers de mirliton. Les stores baissés jouèrent à modeler leurs allusions d'ombres et de lumières autour puis sur la peau nue et scintillante de gouttelettes marines.

« Viens ! » souffla-t-il.

Il fit soudain plus chaud encore. Il fit plus acre que doux. La belle fut bête, fut démone, fut terriblement désirable quand elle ôta sa parure de succube…

C'était une évocation très subtile de tissus : deux étroites coupoles arrondies sous le débordement gourmand des seins et quelque chose comme un cœur double en vichy accroché à un cordonnet noué à la taille par deux agrafes en forme de menues marguerites à peine écloses que déjà enclines à s'effeuiller.

Libéré son corps dardé, cambré et d'un brunroux à cœur, épanouis deux globes blancs, frémissants, piqués de rose, que le hâle n'avait point mordus.

Elle secoua sa crinière mouillée en riant et des éclaboussures arc-en-ciel ruisselèrent le long du ventre lisse en même temps que sur les hanches lc slip glissait… glissait…

Fugitivement, le soleil éclaira les blanches rotondités des fesses, le triangle pâle du pubis que ses rayons de salamandres, ses vasseleries de feux follets avaient épargnés.

« Viens ! » supplia-t-il.

Le slip glissa encore tout le long du long chemin des cuisses et des mollets, des chevilles… les pieds le piétinèrent et elle se déroba.

« Viens ! » rugit-il.

Elle s'enferma d'un gloussement dans la salle d'eau, il en martela la porte du front et des poings et entendit l'eau gicler sur le corps, sur la peau, les inaccessibles chairs…

Plus tard, lorsque enveloppée dans une serviette de bain, détendue par les vapeurs du sauna, elle se peignait cent fois :

« Tu me prépares un drink, chéri ! cria-t-elle à travers la porte.

– …

– Tu boudes ?

– …

– Chéri ?

– …

– Chéri ! ! » appela-t-elle.

Un peu étonnée de ne point obtenir de réponses, elle ouvrit, passa la tête… le couperet lui trancha le col. Le corps s'affala et la tête roula dans un giclement pourpre. Tout de suite, il fut sur elle. Il l'avait trop de fois tant désirée…

… et ra et ri et le conte n'est pas fini…

Assouvi, il sentit sous lui le corps inerte, poisseux de sang, et les membres qui se figeaient. Il se sentit mollir et aperçut son reflet écarlate dans le miroir du lit. Grand Dieu ! Quelle sottise ! Quelle imbécile horreur ! Un crime pour quelques secondes de triomphe… Hier, la liberté des jours, demain, la nuit de la prison, peut-être même la mort ! De dépit, il frappa la chair froide et sonore. Évidemment, se débarrasser du corps ! Mais comment ? Comment faire pour s'échapper de ce faux conte ?

Et ra et ri le conte ne répond pas.

Enterrer le corps ?

Et ra et ri le conte ne répond toujours pas…

C'était un piège, il fallait se méfier. C'est pour s'amuser que les méchantes fées trament de pareils échiquiers !

Se débarrasser du corps.

Se débarrasser du corps. L'éloigner, l'oublier, redevenir l'enfant sage qui tourne les pages d'un livre d'images, d'un livre d'images qui, hélas, sur lui s'est refermé !

Le couper en morceaux, l'enterrer dans le jardin ? Non, non ! C'est une villa louée, le prochain locataire aurait peut-être une marmaille acharnée à faire des trous, des pâtés, des châteaux, à élever des créneaux pour mieux l'emprisonner. Alors, l'ensevelir dans les dunes ? Mais comment sortir d'ici avec un tel emballage ?

La nuit ! Pendant qu'il ferait noir, il dissimulerait le corps dans le coffre de la voiture… Mais les voisins sont si fêtards. S'ils tombaient sur lui avec leurs cotillons durant l'opération ! Non. Il choisirait l'instant propice, quand la rue serait calme. Il s'enfoncerait loin dans les dunes, creuser une fosse…

Non. Le vent chasse le sable, le retourne, le disperse, l'envole aux vents. Le sable est cachette trop fluide. Le corps remonterait trop vite. Une main violacée fleurirait entre les ajoncs… Et le conte se met à rire…

… et ra et ri et les sorcières aussi…

La mer ! Peut-être que les crabes le mangeraient ! L'empaqueter et lui attacher du plomb aux pieds, des pierres, des rochers ! Il coulerait au fond, s'enliserait dans les insondables abysses. Oui, mais sortir sur la plage, le traîner en plein clair de lune, enjamber les enlacements nocturnes des amants illicites, se cogner aux chaises pliantes, affoler les baigneurs de minuit. Pas de coin désert, ni de crique secrète dans ces baies de plaisirs ! Décidément non !

Alors comment faire ? Comment faire alors ? Il existe des solutions, des échappatoires, des failles à ce genre d'épreuves-là ! Il a lu tant d'histoires de murailles qui basculent, de barrières qui s'écartent, d'oiseau bleu qui en détresse extrême dénoue le sortilège !

Raconter qu'elle était repartie chez elle, chez son ex-mari ?

Il y aurait aussitôt enquête. Il fallait éviter cela.

Non, non : trop risqué !

La couler dans la cave, dans du ciment armé…

Mais la cave est déjà cimentée.

La débiter en quartiers, la porter dans des valises en plusieurs voyages à la gare…

Voyons, pas de précipitation ni de vaines agitations. Mieux vaut s'asseoir, déguster un petit verre d'herborisette glanée et s'abandonner à la sage complicité des marraines-fées. L'idée germa à la troisième gorgée. Elle n'était pas exceptionnelle mais, soigneusement réalisée, cela pouvait marcher… C'est sûr que ça marcherait… Ça ne pouvait que marcher. Certes, il n'avait rien d'un froid stratège du crime, d'un *serial killer* en puissance, mais la grâce de l'innocence veillait sur lui ! N'avait-il pas été, hier, l'un des couturiers les plus doués de sa génération ? Coupant, taillant les étoffes les plus précieuses, des plus rustres aux plus délicates : tiretaine, feutre, fibranne, droguet, espouline, velverette, giselle, bisette, tarlatane, aucun tissu n'avait de secret pour lui, pourquoi en serait-il autrement du tissu musculaire de l'épiderme ?

Et c'est en sifflotant qu'il sortit du placard éponges, brosses, serpillières et torchons.

Il épongea d'abord le gros du sang. À chaque fois qu'il torsadait le chiffon, le seau s'emplissait de girandes vermillon, vermeilles et cramoisies. Il jetait à chaque fois les contenus dans la douche et laissait couler les robinets. Il ne comptait pas les allers et retours car son petit plan mûrissait, s'échafaudait gentiment… et le conte redevenait comptine, prenait plaisante tournure…

Demande d'un cœur sincère et les Demoiselles t'aideront
Drelidrela dondaine. Drelidrela dondon.
Barbe de Grive est de tous le plus malin
Des Gnomes, des Trolls et des Gobelins.

La drôlesse s'était vidée de tout son sang. Il dut même nettoyer un mur et laver jusque sous le lit. Quand tout fut fini, il récura le seau à grandes eaux ainsi que tout ce qui avait servi à éponger, savonna jusqu'à ce que la moindre roseur disparût… puis, satisfait du résultat, esquissa une figure de patineur sur le carrelage pimpant.

Enfin, il déposa le corps dans la baignoire et descendit à la cuisine et à la cave chercher les outils, couteaux à découper, désossoir, scie, marteau, et, dans l'atelier, ses fidèles ciseaux de couturier toujours affûtés.

Il espérait que la chair trempée dans l'eau chaude s'assouplirait à nouveau.

Dans la salle de bain, il dévissa son rasoir à barbe de grive et sortit la lame.

Une fois la dépouille de l'ex-belle tout humide du bain violine déposée sur un établi de fortune, il poussa le son du « Baiser de la Fée » de Stravinski afin de couvrir les bruits suspects de scie, les craquements, les bris…

Il incisa de la section nette du cou aux aines avec le rasoir, puis, tira sur la peau de la main gauche, séparant habilement celle-ci de la chair en tailladant avec précaution. L'écorchage dura longtemps, il ne fallait entamer ni le tissu ni les muscles. Quand le devant fut terminé, il renversa le cadavre sur le ventre et la même opération s'ensuivit pour le dos.

Le travail se révéla plus facile quant aux bras et aux jambes, leur revêtement cutané se retournant aussi aisément que des bas.

Il trempa l'ensemble des peaux, les passa au sel marin avant de les étendre sous le séchoir pour ensuite les tendre sur des encadrements de fines baguettes.

Puis il s'occupa à nouveau du corps. Découpant, sciant, hachant, il le débita : le torse en quatre, les hanches en deux, les membres en douze. Grossièrement, au-dessus de la baignoire, il sépara les chairs des os. Il entassa une partie des viandes, des cartilages et abats dans une lessiveuse et les os dans une autre qu'il emplit d'eau et porta sur le gaz.

Il lava une nouvelle fois la baignoire tandis que les restes mijotaient. Il fit un choix parmi les plus gros morceaux et les jeta dans un autre récipient dans lequel il ajouta énormément de thym, de laurier, d'oignons et deux ou trois légumes afin que l'odeur trop fade n'éveille une curiosité malsaine parmi le voisinage. Il rangea pour plus tard les derniers quartiers de viande dans le congélateur ainsi que la tête rousse enveloppée dans un sac en plastique.

Le soleil descendait d'un nuage à l'autre vers la mer, et des tritons d'ambre chevauchaient les vagues dans des fracas d'écume. La rosace du couchant s'annonçait flamboyante. Derrière la baie vitrée, Barbe de Grive, satisfait du labeur accompli, pipe à la bouche, mit deux sous dans le limonaire du salon, les rouages s'entretictaquèrent et explosèrent leur complainte de manège.

L'orgue de barbarie roulait toujours ses flonflons de kermesse quand, plus tard, Barbe de Grive souleva les couvercles des macabres marmites. La chair était cuite, les os prêts à être nettoyés.

En juin, les jours sont longs et mouettes et goélands venaient tard encore piquer du bec au-dessus des jardins, scrutant d'un regard avide le contenu des poubelles ou les miettes de pain jetées sur les terrasses. Ils fondirent sur l'énorme tas de viande fumant et parfumé qui refroidissait à l'ombre de la pergola.

Ce fut une fête, un ballet d'ailes blanches, une ronde gracieuse. Ils criaillèrent, déchirèrent, gobèrent, sucèrent, lacérèrent, becquetèrent trois jours durant sous les regards attendris, émerveillés, des passants.

Pendant trois jours de banquet toujours fraîchement renouvelé, ils revinrent et repartirent, emportant dans leurs nids, dans les replis des falaises, les chairs dorées d'une sirène trop rousse.

Quant aux os, avec une persévérance appliquée, ils furent broyés, réduits en cendres et s'éparpillèrent aux horizons des sables, de la mer et du vent…

« Il était une fois une petite fille qui allait au bois cueillir de l'herbe-aux-cent-vertus pour sa maman malade. Soudain, un château se dressa devant elle. Noir était le donjon, noires étaient les tours, noire était la porte à laquelle elle frappa… »

« Toc, toc.

– Tiens, on frappe, se dit Barbe de Grive, interrompant sa lecture préférée, la lecture d'un joli conte de fées. Qui est là ? » demanda-t-il tout haut, tout en se récitant tout bas la comptine appropriée de Puck :

Toc, toc.
Qui frappe à mon carreau ?
Ce sont de grosses gouttes d'eau.
Vous n'entrerez pas Dame Pluie
Votre visite m'ennuie !

Mais ce fut une grosse voix qui répondit :

« Le mari !

– Le mari ? tiqua-t-il.

– Oui, le mari. Ouvrez donc. »

Et Barbe de Grive ouvrit : c'était un armateur gros, gras, un peu courbé sous le poids d'une triste figure qui se tenait debout dans le cadre de la porte.

« Entrez donc, je vous prie… »

Il dit : « Entrez donc, je vous prie, asseyez-vous, faites comme chez vous. Que puis-je vous offrir ? Une lichette de breuvage pétillant avec un biscuit ? un cigare ? un bonbon ? une bablutte ?

– Je viens rechercher ma femme, tonna l'intrus grinçant des dents.

– Hé là ! doucement, doucement. De qui parlez-vous ?

– De la belle Rosette, ma si jolie roussette.

– Oh ! vous en fûtes le mari ?

– Fûtes ?

– C'est-à-dire que vous venez bien tard… la belle s'est ensauvée !

– Vous me l'avez prise. En juin, elle m'a quitté. J'ai loué les services d'un détective, il a enquêté, c'est cet automne qu'il vous a retrouvé… Où est Rosette ?

– Enfuie ! Partie !

– Où ?

– Je ne sais : un matin, je me suis réveillé seul. La mâtine, vous dis-je, s'était ensauvée !

– Ah ! Ah ! Ma foi, c'est tout à fait elle ! Et vous avez souffert ?

– Grand comme firmament.

– Comme moi, pareillement, s'adoucit-il. Nous sommes donc un peu frères, s'émut-il en rosissant. Mais que buvez-vous donc là qui fait de si jolies bulles bleues ?

– De l'herborisette glanée.

– J'en veux. »

Et Barbe de Grive le servit et servit aussi des pâtes de fruits, du massepain, du pain d'épices.

« Comme c'est charmant chez vous ! s'extasiait le veuf attendri, une vraie féerie ! Ces meubles peints, ces beaux livres rouges, ces images d'Épinal, ces chromos et tous ces automates !

– Dès que volutent les premières brumes d'automne, c'est ici que je viens me terrer, au milieu des bois dérobés et rêveurs de l'Ardenne !

– Je vous comprends, il doit y faire si bon vivre ! »

Oui, il faisait bon, le feu ronflotait dans la cheminée. De temps à autre, une braise pétillait, s'éclipsait en sifflant, embrasait une bûche, allumait les moulures du plafond, les rondes et guirlandes ailées d'Elfes, de Nutons, de Vendoiselles dodues.

« Vous mangerez bien un petit quelque chose avec moi ? proposa Barbe de Grive.

– Pas de refus. »

La table blanche fut tirée et, comme dans le conte, aussitôt couverte, la vaisselle d'argent tinta et les cristaux s'emplirent de vins fins. Les girandoles chandelèrent et le rôti fut présenté doré à point, juteux, bardé, champignonné.

Le dessert crémeux, onctueux à souhait, fondait dans la bouche, croquait sous la dent tout à la fois.

La liqueur boudinesque coula cramoisie dans les tulipes renflées et le thé de Chine frissonna de chimères et d'encens.

Barbe de Grive glissa un album léger entre les doigts moites du mari : *Le Petit Chaperon rouge* une version libertine…

« Oh ! s'étrangla le bon enflé. Oh ! la coquine !

– Vous voyez mal, je vais vous éclairer. »

Une lampe de chevet s'alluma, ouatée d'un abat-jour à l'éclat de sucre candi.

« … la petite héroïne courait à travers les pages, jetant sur l'herbe chaperon coquelicot, tablier, culotte artistiquement échancrée… et rencontrait un loup qui… »

L'armateur, du pouce, caressait la courbe d'une cuisse, le galbe de la fesse. La poupine était rousse… Rosette était tout aussi charnue, une peau de caramel tendre et si blanche en ces mêmes endroits charmants… L'alcool aidant, il s'alla imaginer que le polichinelle grimaçant dessus l'armoire lui adressait des clins d'œil.

La fumée du cigare lui picotant les yeux, il cligna des paupières au lumignon de la lampe, l'abat-jour illuminait d'ocre ses souvenirs. Il était fait d'un fin parchemin, comme taillé dans une peau de poupée. Une étroite raie blanche le coupait en son milieu…

Machinalement, il regarda l'autre abat-jour où deux blanches demi-sphères dansaient dans la lumière bronzée… avant de reporter son attention sur les contours d'un petit cœur, de deux menues marguerites « à peine écloses que déjà enclines à s'effeuiller ».

Horreur ! il reconnaissait ce dessin déjà vu sur les fesses de Rosette…

Il reconnaissait cette peau pour l'avoir tant de fois trop désirée…

« Rosette ! Assassin ! »

Le coupe-papier démentiellement manié se ficha dans le cœur de Barbe de Grive. C'était un fort curieux objet : lorsqu'on appuyait sur la garde, sa poignée se déployait et une petite grive mécanique se mettait à siffler :

À qui appartient ce joli cœur-là ?
Il appartient à Barbe de Grive,
Si tu l'avais épousé, il serait à toi…

Peter Pan

Et chaque fois que revient l'époque du nettoyage de printemps, Peter (sauf les années où il oublie) vient chercher Margaret et l'emmène au pays de l'Imaginaire où elle lui raconte des histoires dont il est le héros et qu'il écoute passionnément. Quand Margaret grandira, elle aura une fille destinée à être à son tour la mère de Peter ; et les choses continueront ainsi, aussi longtemps que les enfants seront joyeux, innocents et sans cœur.

JAMES MATTHEW BARRIE

Il était une fois une méchante petite chanson sans rime ni raison, à peu près comme ci :

Huit petites catins sans espoir de ciel
Gladstone en sauve une il en reste sept
Sept petites catins mendient un shilling
L'une tourne le coin de rue il en reste six
Six petites catins cherchent l'asile de nuit
L'une trouve Jack il en reste cinq

Cinq petites catins perdues dans le fog
L'une tombe du nid il en reste quatre
Quatre rime avec catin et trois rime avec lui
Il mettra la ville en feu il en reste deux
Deux petites catins tremblantes de peur
Au fond d'un chapeau attendent le jour
Le couteau de Jack luit il en reste une…

C'était une bête ritournelle de quatre sous, sans plus de sens qu'une comptine de Mother Goose ; comme celles de « Three Blind Mice », de « Little Miss Muffet », de « Cock-a-doodle-do » ou encore d'« Humpty Dumpty », si ce n'est que celles-ci sont censées faire rire et danser les enfants, les aider à dormir, et tant soit peu rêver, tandis que celle-là ne servait qu'à faire peur ; à faire peur aux catins dès que tombait le soir quand, furtivement, comme des souris, elles vont grappiller des miettes, sous les murs où tous les chats sont gris. Pour trois miettes elles retroussent leurs jupons. Trois petits tours et puis s'en vont…

Mais, voyez-vous, depuis le 31 août, le rasoir de Jack est devenu plus dangereux pour leur museau pointu que tous les pièges à souris – il y a encore le sang par terre.

La première à s'y être collée s'appelait Mary Ann Nicholls dite Polly.

C'est tout au moins elle que Scotland Yard a retenue comme première victime officielle.

Cette fois-là, Emily Holland l'avait croisée à l'angle d'Osborne Street et de Whitechapel Road à deux heures trente du matin ; elle maraudait pour se payer un lit à quatre pence au foyer de Thrawl Street : « Ça devrait pas tarder avec mon nouveau chapeau chic à rubans », avait minaudé Polly, d'une grimace sans dents qu'elle espérait coquine…

Elle était ensuite passée sous le porche noir de Buck's Row et c'est le vieux George Crossen allant décharger des caisses au marché de Spitalfields qui avait buté en plein dessus, à deux pas de l'entrepôt d'équarrissage de chevaux. Il avait d'abord cru qu'elle cuvait son gin avant de se rendre compte que « bien qu'encore aussi chaude qu'un beignet, elle était plus morte qu'un hareng saur ». Et à y regarder de plus près, du sang noir suintait encore de l'entaille creusée sous la gorge.

« Quelle heure qu'il était, Votre Honneur, c'est difficile à préciser. L'aube était pas près de se lever, mais j'ai entendu le coq chanter. »

De toute façon, la belle affaire, on n'était pas à chicaner à une heure près et Polly n'était pas la première…

D'abord il y avait eu Fairy Fay, mais son triste sort n'avait guère fait couler d'encre, alors. Dans ce labyrinthe de venelles galeuses, enfermées entre

Commercial Street, Brick Lane et Whitechapel, un meurtre de plus ou de moins ne valait pas tripette. On poignardait, on se vitriolait, on se massacrait à la hache sur le parvis de Christ Church sans que personne de l'autre côté de la Tamise s'en soucie. Les enfants se vendaient aux portes des taudis et Fagin leur apprenait à nourrir les gibets… alors, qu'importe le sort d'une catin !

Bien que décatie et fanée, une pâle lueur blonde éclairant la grise filasse de ses cheveux lui avait valu ce surnom de Fairy Fay. L'illusion d'un regard et, sous les griffes des vices et de l'ivresse, les vestiges d'un visage ovale suggéraient qu'il aurait pu se prêter aux muses si Rossetti l'avait cueillie avant la chute. Mais au royaume des monstres, le moins malgracieux fait figure d'archange, et c'est aussi, sans doute, ces cendres d'apparence qui attirèrent sur elle le regard de l'assassin.

Chacun fêtait Noël, elle sortait ivre jusqu'aux os du pub de Mitre Square. Une horloge sonnait minuit. Ce n'était pas un jour, ni une heure ordinaire. Disons que la neige de Noël fait tout ce qu'elle peut pour voiler les misères sous ses blanches scintillances. Il suffit de la cloche de l'Armée du salut, d'une bouffée de cantique, d'une bougie, et le miracle agit. C'est la petite marchande d'allumettes, l'âme perdue de Scrooge retrouvant son chemin au chant des carillons. On sait que demain on se réveillera en train de patauger dans la boue des mirages fondus, mais, pour l'heure, l'Esprit de l'enfance illumine chaque flocon. Fairy Fay trouva donc tout naturel que l'étoile des Vœux descende vers elle. Cela ressemblait au petit ludion du réverbère qui sans cesse voltige et s'agite dans sa cage de verre. Ses paupières lourdes et lasses papillonnèrent sous le pétillement léger des étincelles.

La lame pénétra profondément à travers les couches d'étoffe avant d'ouvrir et forcer les mystérieuses barrières, d'atteindre au lieu ivoirin et creux semblable à l'inaccessible tabernacle que gardent les anges dorés, cuirassés, armés d'épées. Mais il eut beau fouiller, mettre sens dessus dessous le sage aménagement des organes rangés l'un contre l'autre, tirer sur le jeu de l'oie caoutchouteux des intestins, écarter les spongieuses et élastiques viscères, il ne trouva rien du Grand Pays qu'il cherchait. C'était un jeu de cubes sans autre reflet que leurs six côtés. On a beau disperser les mille éclats d'un puzzle avec l'espoir de le réinventer, il ne sera jamais qu'une image sans envers, sans royaume derrière. Son mystère n'est qu'un cul-de-sac ; il ne promet qu'un leurre.

À moins que celle-ci ne mente ? À moins que celle-là, malgré sa mèche de vieille fée, n'eût rien à cacher ? Il se pencha sur le grain de beauté, puis, pris de honte, essaya maladroitement de gommer ce qu'il avait fait... mais le résultat se révéla, comme souvent dans ces cas-là, pire que mieux.

Les contes ne sont pas tous jolis, au fond des

bois des « Il était une fois » se cachent de grandes peurs et bien des douleurs. Les filles de l'Ogre en savent quelque chose et Polly Nicholls aussi…

Quelque temps plus tard, au fond de la cour du 29, Hanburry Street, le 8 septembre, Anny Chapman, plus connue par les filles du quartier sous le sobriquet de Dark Anny, l'apprit à ses dépens, entre deux et cinq heures du matin.

« L'abdomen a été entièrement ouvert. Les intestins, séparés de leurs ligaments mésentériques, ont été sortis et posés sur l'épaule du cadavre. L'utérus et ses appendices, ainsi que la région supérieure du vagin et les deux tiers postérieurs de la vessie, ont été complètement enlevés. On n'a pu retrouver aucune trace de ces organes. Les incisions produites par un couteau d'au moins cinq pouces de longueur étaient franches, elles avaient évité le rectum, et la division du vagin avait été effectuée suffisamment bas pour ne pas endommager le col de l'utérus », révélait le compte rendu de l'autopsie pratiquée par le Dr George Bagster Phillips.

« Le couteau n'aurait pas mis fin à ses jours, la tuberculose s'en serait chargée de toute façon ! » nota un petit bonhomme pas plus haut que trois pommes, photographe à ses heures du *Mortuary*, mais dont le véritable métier consistait à faire rire le populaire sur les planches du café-concert de Radcliff Highway.

Cette triste boutade appelait à l'Épouvante. Elle s'engouffra par le boyau de la Tamise, gonfla par-dessus les quais et submergea la cité. C'était une ombre fluide et noire qui filait entre les doigts pour se reformer plus loin, grossie de chimères et de substances gluantes puisées à même l'âme des trottoirs. Elle n'avait pas d'apparence, on lui en trouva une – plutôt deux, indissociables – celles de Jekyll et Hyde ; smoking et tablier de cuir. Elle n'avait ni voix ni nom, la presse les lui offrit par l'intermédiaire d'un de ses scribes qui lui prêta sa plume.

Jack l'Éventreur ! Peu de croquemitaines peuvent se vanter d'un titre aussi évocateur. Pickelsel, Raminagrobis, Gargouilla, Lustukru sentent par trop le chromo, l'accessoire de carton pour être pris au sérieux. Ce n'est point une Cucendron, ce n'est pas un Petit Poucet qui parviendraient à le tromper, à dérober ses bottes et le maîtriser. Non plus le général Sir Charles Warren du Royal Engineers, chef suprême de la police métropolitaine : une vieille baderne tout juste bonne à exhiber ses moustaches aux parades. La gentry toutefois l'admirait depuis qu'il s'était conduit en héros le 13 novembre 1887, chargeant, à la tête de quatre mille constables, de plusieurs détachements de *life-guards* et de trois cents grenadiers baïonnette au canon, vingt balles dans la cartouchière, une manifestation de chômeurs affamés sur Trafalgar Square.

« Tout fut terminé en quelques minutes ; deux cents marcheurs de la faim se firent casser la tête comme ils le méritaient », commentait triomphalement le *Times* le lendemain.

C'est d'ailleurs l'exploit de ce « dimanche sanglant » qui lui avait valu d'être élevé à la pairie.

Dès son arrivée au Yard, Sir Warren entreprit d'importantes innovations : les bâtons des agents désormais devaient être glissés dans une poche latérale ; puis, il étudia le « cas » des pieds de ses fantassins du pavé…

« La question des chaussures est très préoccupante, expliqua-t-il à la Reine qui s'inquiétait de ce que les débordements du Dépeceur de filles perdues n'aillent susciter de déplaisantes rumeurs au-delà des frontières.

– C'est du plus mauvais effet. Je vous somme de le capturer !

– Nous nous y employons, Majesté, nous nous y employons. »

Il s'y employa : « Notre chien limier anglais, voyez-vous, est infiniment supérieur à toute autre espèce en ce qui concerne son flair naturel. Nos éleveurs ont habilement sélectionné la longue tête étroite et pointue ainsi que les babines immenses toujours associées à cette faculté, et ce, à un niveau jamais atteint auparavant. » Il lâcha donc deux de ces splendides spécimens, à l'instinct sagace, aux trousses du vampire. Barnaby et Burgho s'élancèrent à fond de train en aboyant beaucoup.

« Les chiens de Sir Charles Warren que l'on entraînait à Tooting hier matin se sont perdus. Tous les commissariats de la police métropolitaine ont été avertis par télégrammes d'avoir à informer immédiatement Scotland Yard si on les apercevait quelque part », pouvait-on lire dans les journaux du lendemain.

« C'est la chienlit », déclara Sir Warren avec cette superbe qu'ont les généraux pour traduire leurs états d'âme.

Il fallait un coupable. On en trouva un au pied levé. Il mesurait cinq pieds, quatre pouces. Son visage au teint sombre n'était pas agréable à regarder, en raison des poils noirs et hirsutes de près d'un pouce de long qui lui couvraient presque toute la face. Ses lèvres étroites avaient quelque chose de cruel et de sardonique que ses moustaches tombantes et ses favoris noirs ne faisaient qu'accentuer. La tête large s'attachait au corps par un cou épais et lourd.

L'ogre surnommé « Tablier de cuir » s'appelait John Pizer, c'était un Juif polonais de trente-trois ans qui fabriquait des chaussons de danse. Il ne faisait aucun doute qu'il s'agissait bien de l'assassin car plusieurs chapeaux de feutre noir et un grand nombre de couteaux à longue lame aiguisée avaient été trouvés en sa possession. Drôles d'outils entre les mains d'un cordonnier pour ballerines, allez donc voir : au bout d'une corde, on allait le faire valser !

They've captured Leather Apron now ; if guilty you'll agree ;
He'll have to meet a murderer's doom, and hang upon a tree.

Un douteux témoignage lui évita le gibet. Était-il coupable, ne l'était-il pas ? L'Histoire ne le dit pas. On prêta le sac à scalpels et la défroque de Jack encore à tant d'autres ! À Severin Klosowski, chirurgien-barbier polonais, qui, de toute façon, fut pendu pour avoir empoisonné ses trois épouses – ce qui n'est pas bien – même si on est chirurgien-barbier polonais. À un autre drôle de coco, un Russe du nom d'Alexandre Pedatchenko. À l'occultiste Roslyn d'Onston Stephenson et ses cravates sanglantes. À M. Face de Rat…

Qui donc était-ce, de tous ces suspects-là ? se demandaient les huit petites catins sans espoir de ciel. Qui donc était l'Éventreur de Whitechapel ? demandaient-elles aux policiers qui eux-mêmes se demandaient si ce n'était pas plutôt l'avocat joueur de cricket, Montague John Druitt, ou Sir William Gull, médecin de la cour, « psychiquement » identifié par le médium Robert James Lees…

Raisonnablement ça ne pouvait être le prince Albert Victor, duc de Clarence et d'Avondale, comme certains l'insinuaient, ni son amant et ancien tuteur à l'université de Cambridge, James Kenneth Stephen – mais plus certainement le dément Aaron Kosminski…

À moins que ce ne fût le « locataire mystérieux », Wentworth Bell Smith, qui vouait aux flammes de l'enfer toutes les petites catins sans espoir de ciel, ou bien S. Bourgoin, ou encore le frère Martin dont le fantôme hagard hantait Mitre Square sur les lieux qu'il avait profanés en poignardant et piétinant une femme, dans le vieux temps, face à l'autel du prieuré de la Sainte Trinité.

Quatre rime avec catin et trois rime avec lui
Il mettra la ville en feu il en reste deux

Ces deux-ci s'appellent, l'une Elizabeth – Long Liz – Stride ; l'autre Catherine Eddowes. L'une tapine à Berner Street, l'autre à Mitre Square – à un kilomètre d'embrouillamini d'impasses, de ruelles, de courées l'une de l'autre, mais, en moins d'une heure de distance, leurs destins vont se rejoindre sous le couteau de Jack.

Il pleut, il mouille, c'est la fête à la grenouille, pourtant Long Liz n'a pas envie de chanter. Cette nuit morose, pluvieuse, venteuse, n'incite pas le client à jouer les matous. On n'est que le 30 septembre et ça sent déjà l'automne ; pas les automnes secs et roux de sa belle Suède natale, mais ceux interminablement grippeux de l'East End. Il est quelque chose comme minuit et des ronds de chapeau et le seul patachon qu'elle a pu croiser et alpaguer l'a jetée par terre à coups de pied ; c'est bec et ongles en avant que la Liz s'est défendue, sans quoi il aurait tout volé jusqu'à son paquet de noix de cajou qui, arrosé de gin, fera sans doute tout son repas. À petits pas, cahin-caha, en comptant les bleus sur sa hanche ankylosée, elle trottine en longeant le mur sur lequel est assise Humpty Dumpty.

Two stick and an apple
Say the bells of Whitechapel

Humpty Dumpty ou quelqu'un d'aussi petit qu'elle n'arrive pas à distinguer dans le noir, mais qui comme le chat du Cheshire lui sourit.

Couic fait le couteau
Sous le cou de Long Liz.

Twinkle, Twinkle, little star,
How I wonder what you are…

Alors vite, vite, il se presse et s'empresse autour d'elle
Mais une petite voix dans l'oreille sous un froissement d'ailes
L'avertit… Vite, vite, il n'est plus temps de chercher,
Quelqu'un vient, hâte-toi, laisse-la sur le pavé…
Tu n'auras pas le temps de trouver la petite étoile des mères…

Twinkle, Twinkle, little star,
How I wonder what you are…

C'est un certain Luis Diemschutz, ou plus exactement son cheval, qui l'a trouvée. Colporteur de son état, il présentait sur sa carriole tout un étal de bimbeloterie à deux sous, bijoux de pacotille, boîtes à musique et boutons de plastron. Ce soir-là, le mauvais temps ayant refoulé chats de gouttière, vieux ratons, souris coquettes dans le même panier, dépité, « qu'c'était peine perdue d'espérer faire un penny », il avait remballé la camelote plus tôt avec l'idée de repasser boire une pinte d'ale à l'International Worleingmen's Educational Club – dont il était membre – situé au 40, Berner Street.

Il fait noir comme dans un four lorsqu'il pénètre dans la cour de Dutfield's Yard. La seule lueur qui éclaire chichement les hauts murs de brique noire et l'alignement des bicoques habitées par des tailleurs et des fabricants de cigarettes provient de l'unique fenêtre du club.

Il dira : « Il était une heure du matin mais j'ai entendu le coq chanter et le poney a fait un tel écart qu'il a failli me renverser. Je me suis penché pour voir c'qui l'avait effrayé, et c'est à ce moment-là qu'j'ai aperçu le tas de chiffons. »

Le tas de chiffons que Diemschutz va tâter du bout de son fouet est une des petites catins sans espoir de ciel de la pauvre chanson sans rime ni raison.

Long Liz est couchée en chien de fusil sur le côté gauche, perpendiculairement au mur contre lequel ses pieds sont appuyés. Son bras droit repose sur l'estomac, alors que le gauche se trouve derrière le dos et tient encore à la main un sachet contenant des noix de cajou. La main droite est ensanglantée et la bouche légèrement entrouverte. Une écharpe est nouée autour de son cou, et la partie inférieure du tissu est effrangée par l'action de la lame qui a tranché la gorge de gauche à droite. La trachée et l'artère carotide gauche ont été sectionnées, ce qui a provoqué une hémorragie fatale.

« Il y avait au moins un demi-gallon de sang par terre », déclarera le colporteur à l'enquête. En touchant le corps, il avait constaté avec surprise qu'il était encore tout chaud. Manifestement le crime venait de se produire. C'est l'arrivée soudaine et bruyante de son attelage qui a sans nul doute fait fuir l'assassin avant qu'il ne puisse s'adonner à ses pratiques habituelles.

C'est horrible, ça va l'être plus encore…

Car au lieu de fuir les lieux, de regagner sa bauge y digérer son crime, Jack, insatisfait, à plusieurs pâtés de taudis plus loin – à vol d'oiseau –, va recommencer, et cette fois crescendo.

« Venez vite… il y a encore une femme coupée en morceaux ! » hurle tout pâle le constable Edward Watkins en rameutant veilleurs de nuit et agents de police qui, aux alentours, patrouillent et battent le pavé.

Elle est allongée sur le dos, la tête inclinée sur le côté, les bras écartés, les paumes en l'air dans un geste de supplication. La gorge est profondément tranchée sur une longueur d'environ dix-huit centimètres.

« On l'a éventrée comme un cochon au marché. » Un dé à coudre est posé par terre près de la main droite : un détail essentiel que relèvera C. Marmaduke Perthwee.

La morte porte un caraco noir orné d'un col en imitation fourrure et de trois gros boutons de métal, une robe en tissu imprimé vert foncé semé d'asters et de lys, une mince guimpe blanche, une jupe de tiretaine beige et un jupon d'alpaga de couleur sombre, une blouse et des bas à côtes marrons au pied reprisé avec du fil blanc. Des perles noires et des ganses de velours vert rehaussent sans éclat un fragile chapeau de paille.

Elle est chaussée de bottines d'homme à lacets. Un bout de ruban et un morceau de tablier usagé en tissu grossier sont noués de façon lâche autour de son cou – l'autre moitié sera retrouvée plus tard, à deux heures cinquante-cinq du matin, par le constable Alfred Long, devant le 108, Goulston Street, à l'entrée du Wentworth Model Dwellings, couverte de sang et de matière fécale ; Jack a essuyé dedans sa lame assassine.

On déniche également au fond de ses poches un fragment de ficelle, un banal mouchoir blanc bordé de rouge, une boîte d'allumettes contenant du coton, un sachet de toile recelant un couteau de table très émoussé à manche d'os, deux courtes pipes en terre, un étui à cigarettes rouge au fermoir de fer-blanc, une pochette contenant cinq morceaux de savon, une petite boîte de métal terni remplie de thé et de sucre, une paire de lunettes cassées, un autre mouchoir à carreaux à trois pointes et un grand sac de toile renfermant un peigne, une mitaine et une pelote de laine.

Un misérable inventaire qui étiquette la morte aussi bien qu'une fiche d'identité. Il s'agit forcément d'une de ces petites catins sans espoir de ciel, sans autre foyer que les asiles de nuit qui va, qui vient, avec pour toute maison son ballot sur le dos.

Enfin, au repli d'un ourlet, deux petits papiers pliés vont lui donner un nom : deux récépissés de prêteur libellés à Catherine Eddowes, faisant état d'une chemise en flanelle et d'une paire de souliers d'homme engagés pour un prêt de un shilling et six pence.

C'est là toute sa fortune. Un shilling et six pence qu'elle aurait dû de toute façon rembourser. Qu'elle avait déjà bu !

Les tarots de la nuit sont cruels aux filles sans destin. Écoutez cette histoire : moins d'une heure avant la découverte de son cadavre, Catherine Eddowes était détenue au poste de Bishopsgate sous la juridiction du Major Smith. On l'avait arrêtée pour ivresse et scandale sur la voie publique dans la soirée et conduite au commissariat y cuver son gin. À minuit et quart, elle s'était réveillée et mise à chantonner sa rengaine préférée. À minuit et demi, elle avait demandé quand elle serait libérée.

« Quand tu seras capable de marcher toute seule », avait répondu le planton ; puis, bon garçon, une demi-heure plus tard, la jugeant suffisamment dégrisée, il lui avait ouvert la cellule et conduite à la porte. « C'est bon, tu peux y aller, de toute façon, à l'heure qu'il est, tous les pubs sont fermés ! »

Elle s'était alors dirigée vers Mitre Square, avec l'espoir d'y faire une passe à un shilling et six pence.

Toute sa fortune !

Les tarots de la nuit sont cruels aux filles de la lune. Le bon cœur du planton de la prison de Bishopsgate s'est trompé ; au lieu de la tenir au chaud, derrière les barreaux, il l'envoie, attendri par sa propre générosité, entre les pattes du bourreau.

Les anges, au lieu de veiller aux flèches des cathédrales, devraient plus souvent mouiller leurs pieds diaphanes dans la fange des égouts, mais c'est justement l'un d'eux que Cathy Eddowes croit apercevoir perché sur une gouttière – c'est peut-être pour cette raison qu'elle tombe les mains levées en geste de prière.

« Le visage a particulièrement souffert : une incision à travers la paupière a tranché l'œil gauche ; une autre, similaire et parallèle, l'œil droit ; le nez est coupé en travers, jusqu'à séparer la joue droite en deux ; plusieurs coupures sont constatées sur les lèvres. La peau des joues est partiellement pelée... »

Est-ce par sauvagerie ou à cause de l'agaçante petite voix qui, pendant qu'il travaillait, sans cesse en bourdonnant autour de son oreille se moquait et répétait : « Comme tu es maladroit, comme tu es godiche, empoté et maladroit... »

Il avait beau la chasser comme une mouche, elle tourbillonnait et revenait le harceler, le taquiner, lui faire la nique et des pieds de nez...

Trou pique nique douille
C'est toi l'andouille !
Trou pique nique douille
C'est toi l'andouille !

« L'abdomen est complètement ouvert du sternum jusqu'au pubis, d'une seule incision se dirigeant de bas en haut. Le foie a été poignardé, avant d'être coupé à deux reprises. L'aine, le pancréas, l'artère rénale gauche et la paroi du péritoine ont été tranchés. La matrice a été enlevée et emportée par l'assassin, mais il en reste environ un centimètre attaché au corps. Le rein gauche est plus soigneusement coupé et a également disparu. »

Les petites catins sans espoir de ciel n'ont que leur peau pour fortune

Et comme si c'était encore trop, c'est maintenant leurs entrailles qu'on dérobe à la lune.

L'utérus de MaryAnn Nicholls avait été volé.

Il existe un marché pour ce genre d'organes. Vingt livres pièce, assouplis dans la glycérine.

Un, deux, trois
Les petites catins s'en vont trois par trois
Claquer des dents dans leurs caracos
Un, deux, trois, ce n'est pas de froid
C'est pour Docteur Jack avec son grand couteau...

Il arriva de Vienne un rapport savant pour signaler qu'en Allemagne les organes génitaux féminins servaient à la confection de *Diebslichter* et de *Schlasslichter*, c'est-à-dire de chandelles soporifiques utilisées par les voleurs. Il suffisait de les allumer et ceux que leurs lueurs effleuraient aussitôt tombaient dans un profond sommeil. Au réveil, on se retrouvait dévalisé et sans mémoire.

Jack l'Éventreur ou Hans der Aufschlitzer ?

Ce n'était guère sérieux. S'agissait-il de trophées ? En ce cas : un scalp, une tête auraient mieux fait l'affaire.

Non. Il les emportait pour les étudier de plus près.

Mais sans doute ne trouva-t-il ni dans l'une ni dans l'autre ce qu'il y cherchait, puisqu'il allait recommencer.

Il faut être une *nanny* des beaux quartiers de Belgravia et de Knightsbridge pour ne croire qu'aux contes roses…

Dix petites catins sans espoir de ciel
L'une glisse dans une flaque rouge il en reste neuf
Neuf petites catins jouent au bout de ficelle
La corde se resserre il en reste huit

« Pour l'amour de Dieu, Perthwee, veuillez fermer la fenêtre ; cette méchante petite chanson sans rime ni raison me chavire le cœur et l'orgue qui l'accompagne grince comme un pleur.

– Tiens donc ! Cette rengaine qui pousse comme les coquelicots des fossés est cependant le florilège des rues, c'est la peur et l'angoisse des muses de réverbères que ces refrains traduisent. Il me semble trouver là plus de justesse et de réalité que dans toutes les élucubrations et comptes rendus de la presse ! Ce n'est pas qu'une complainte, c'est un résumé.

– Des crimes de Whitechapel ?

– Sous ce rébus boiteux se dessine un portrait.

– Mais ce n'est qu'une comptine, une serinette de nounou.

– Tout à fait… on dirait qu'elles savent.

– Qui ça ?

– Les dix petites catins sans espoir de ciel.

– Quoi donc ?

– Qui est Jack the Ripper.

– Vous voulez dire qu'elles le connaissent ?

– Intuitivement, comme les mamans devinent.

– Vous faites bien des mystères : le couvriraient-elles ?

– Comme les mères qui pardonnent et consolent.

– Quelles sortes de mères seraient capables de cela ?

– Celles qui pleurent les enfants perdus, tombés de leurs berceaux, envolés par la fenêtre, qui regrettent les baisers, les câlins qu'elles n'ont point pris le temps d'offrir.

– Que me chantez-vous là ?

– Une bien triste berceuse, Ackroyd, une bien triste berceuse…

– Vous n'allez pas me dire que vous savez aussi !

– « Toutes les vérités ne sont pas bonnes à dire », préviennent les sages adages, si sages, si ronds que les esprits soi-disant positifs les abandonnent aux nurseries auprès des fées et des petits dictons.

– Soyez plus clair, je ne vous suis plus.

– Reprenez la chanson et remontez son cours… Sautez de mot en mot, de pierre en pierre tout le long du ruisseau. Mouillez-vous les pieds, riez, jouez à vous éclabousser : que voyez-vous ?

– Rien.

– Alors, résumez-moi l'affaire.

– C'est diabolique.

– Bon… Maintenant oubliez les manchettes et gros titres des journaux et racontez l'histoire.

– Je ne comprends pas où vous voulez en venir ; par contre, laissez-moi vous dire que je trouve une fois de plus vos propos fantaisistes, quelque peu déplacés en ce qui concerne ces crimes sordides. Ce n'est pas une histoire mais des faits. Des faits suffisamment horribles pour ne pas y rajouter des fariboles !

« Il s'agit de cinq, six ou plus, malheureuses honteusement éventrées, découpées, dépecées à même le trottoir au nez et à la barbe de je ne sais combien de détachements de police. Ce tueur est le diable en personne. Il mettra la ville en feu…

– Il en reste deux…

– Ah, je vous en prie, ce n'est pas le moment de plaisanter, tout détective des fées que vous êtes !

– Loin de moi l'idée de galéjer, j'essayais de vous replacer au cœur de la chanson.

– Rendez-vous compte, Perthwee, ces deux derniers meurtres, c'est à n'y rien comprendre. Deux femmes assaillies dans un périmètre pas plus grand qu'un mouchoir de poche, grouillant de noctambules, sillonné en tous sens non seulement par des pelotons d'agents mais aussi par les patrouilles du Comité de vigilance de M. George Lusk ! Il tue ici et à peine une demi-heure plus tard tue là, quelques rues plus loin, sans être remarqué ! À croire qu'il se déplace par les toits. À moins qu'il ne sache voler !

– Bien, Ackroyd, continuez…

– Comment, en si peu de temps, peut-il aborder une prostituée apeurée, qui se tient sur ses gardes, imagine voir des assassins partout, sans l'inquiéter… Il doit inspirer confiance, être charmant.

– Comment ne pas le suivre…

– … au fond d'une impasse, d'un recoin de porte. C'est à peine croyable qu'il puisse, à tous les vents, au carrefour d'autant de ruelles et de venelles, prendre le risque de les ouvrir en deux, de les opérer alors que n'importe qui peut, à tout instant, passer par là ! Peut-être sont-ils deux ? L'un fait le guet pendant que l'autre charcute… Jack et…

– Jill ? Jack et Jill comme dans la « Mother Goose's Melody » :

Jack and Jill went up the hill
To fetch a pail of water ;
Jack fell down and broke his crown
And Jill came tumbling after…

– Continuez, Ackroyd, continuez…

– Et que dire de son habileté à manier le couteau !

– Précisément, qu'en dites-vous… ?

– Je ne sais pas. Que c'est un chirurgien ? un boucher ?

– Pourquoi pas les deux à la fois, qui égorgeraient chacun leur tour, l'un veillant le travail de l'autre, main dans la main. Tweedledee et Tweedledum. Tous deux jouissant de l'heureux don de bilocation, ou d'invisibilité. À moins qu'ils ne profitent des ailes de quelques archanges déchus…

– Vous raillez !

– Que non, mon ami, vous avez l'air, les paroles ; vous avez la chanson, mais vous oubliez le petit garçon que vous fûtes un jour et qui savait la chanter. Vous n'avez rien fait que me narrer des faits sans me raconter l'histoire que je vous réclamais. Voilà tout. Vous avez omis de commencer par « Il était une fois ». Frileusement, vous demeurez sur la rive sans oser l'enjamber et traverser le miroir. Quittez la rassurante forteresse néogothique, la pompe géorgienne, les élégances palladiennes et avancez au-delà de la Threadneedle Street, en *Terra Incognita*, dans la jungle organique des commencements. Dans la forêt des Contes…

« Prenez garde, Ackroyd, on dit que “le bûcheron qui y pénètre, le manche de sa hache est déjà contre lui”.

« C'est “la deuxième à droite, et puis droit devant jusqu'au matin” : c'est le terrain de jeux des dieux élémentaires, des fées, des pirates, des Indiens, des sirènes et des enfants innocemment cruels.

« Voici l'un d'eux qui survole la forêt de Whitechapel, ils l'ont élu pour souverain car c'est le plus sincère. Le reconnaissez-vous ?

« N'y a-t-il pas encore en vous, cher Ackroyd, quelque chose de lui ? »

« Vous l'avez reconnu, Ackroyd, vous pâlissez comme moi-même j'ai blanchi, l'espace d'une nuit, en suivant sa trace de Mitre Square à Goulston Street, en coupant par Houndsditch et Middlesex Street. Un instant, il s'est arrêté à la fontaine de Dorset Street pour laver ses mains et les pauvres organes dérobés qu'il serrait comme un trésor sacré…

« C'était affreux…

« C'était merveilleux…

« Il y a du minéral, du végétal, de l'animal et toute l'enfance du monde en lui. Une sorte d'aura subtile, de clarté liquide et ombreuse – un parfum laiteux – nimbe, berce chacun de ses gestes…

« Puis il a ri de toutes ses dents de lait. Un rire de mai et de muguet et, dans un long cocorico, il a disparu dans le ciel étoilé…

– Elle… Elle était là aussi… ?

– Gracieuse, menue et brillante, pareille à un de ces soupirs d'enfants qui les font naître…

– Et qu'avez-vous fait ?

– Qu'aurais-je pu faire ? Déjà, depuis longtemps, ainsi que les petites catins sans espoir de ciel, je savais…

– Depuis quand ?

– Vous étiez là aussi, Ackroyd, en recueillant les indices : le chant du coq entendu à chaque fois en pleine nuit à proximité des lieux du crime… Et le pauvre dé à coudre cabossé déposé auprès de Catherine Eddowes.

– Le dé ?

– Un baiser ! Vous savez bien que pour se moquer de son ignorance, on lui a fait croire qu'un dé est un baiser. C'est un baiser qu'il a donné à sa victime en échange de ce qu'il lui a pris.

– Mais c'est épouvantable !

– Mais il n'en a aucune idée. Il tue ces femmes, comme il pourfend les pirates de son île de Jamais Jamais, il tue de la même façon que les enfants jouent à la guerre, persuadé qu'une fois leur rôle terminé, les morts-d'un-instant se relèveront pour passer à un autre.

– Êtes-vous certain de ne pas vous tromper ?

– Hélas… Ensuite, il y eut la poudre… Souvenez-vous. »

Il s'en souvenait, de cette nuit où l'inspecteur chef Frederick George Abberline les avait fait mander au fond d'un gluant cul-de-sac, auprès des restes sanglants de Dark Anny. Le nez enfoui dans son mouchoir, saisi à la gorge par les odeurs de sang et d'égouts mêlées aux nauséeuses fumailles provenant du Kiln – *the King's tobacco pipe* –, le four crématoire des docks dont l'insatiable gloutonnerie avalait sans relâche des tonnes de marchandises avariées, et qu'un vent lourd rabattait à ras des pavés. Il avait suivi, le cœur au bord des lèvres, le manège incessant de Perthwee palpant, reniflant le cadavre, furetant autour, jusqu'à ce qu'il lui glisse entre les doigts, avec des airs conspirateurs, une enveloppe emplie d'un sable grisâtre recueilli subrepticement sur le trottoir.

« Ah ça ! Pour m'en souvenir, je m'en souviens fort bien. Jamais je n'ai été aussi humilié de ma vie ! Vous aviez profité de ma lointaine parenté avec Mme Hudson : cerbère de votre célèbre rival, auteur des *Différentes Cendres de tabac et Moyens de les identifier*, et expert en toutes sortes de poussières chimiques et corpusculaires, pour m'envoyer intriguer auprès d'elle, afin d'obtenir discrètement qu'il analyse votre satanée poudre tout en ignorant sa provenance. Bien sûr la pauvre personne prit tout sur son bonnet. Et dès mon arrivée, le lendemain matin, je fus accueilli par une arrière-arrière-petite-cousine aux yeux rougis, transformée en harpie, me jetant à la face en même temps que mes chocolats que le Maître, hors de lui, ne décolérait pas d'avoir perdu son précieux temps à "analyser du vent", de la "poudre de perlimpinpin" ! Qu'il était inconcevable qu'à son âge une logeuse respectable s'amusât encore à d'aussi puériles et lamentables calembredaines !

« Je vous ai maudit, Perthwee, en courant à travers Baker Street à la poursuite de mon chapeau balancé par la fenêtre !

– Je vous en demande encore pardon, cher inestimable compagnon, mais il me fallait une confirmation : de la poudre de Rien ! c'est-à-dire de la poudre ou du pollen de fée, cette buée ou rosée d'argyrocome, volatile et scintillante que diffuse l'âme des fées et qui, touchant terre, meurt et ternit en glissant de leurs ailes. C'était sa trace, cet aiguail de rêve qui permet de voler tout droit jusqu'au matin vers les îles enchanteresses mais qui se fane et s'éteint quand s'efface l'imaginaire… C'était sa trace.

« Sa trace également : le baiser qui à chaque fois manquait sur la joue pathétique des pauvres sacrifiées…

– Quelles absences de baiser ?

– Ne vous souvenez-vous pas du sourire de Mme Darling… Ackroyd ? “Quant à cette bouche si joliment moqueuse, un baiser y était posé que Wendy ne parvenait jamais à prendre. Il se tenait là, bien ostensiblement, au coin des lèvres à droite” », se mit à réciter Perthwee le regard plus loin que les rideaux, plus loin que les vitres et les toits, à la recherche de l'Esprit des squares où les enfants s'évadent de leurs landaus. « M. Darling, non plus, n'avait jamais réussi à le dérober et, avec le temps, avait fini par y renoncer. » Machinalement, ses mains pâles caressaient la fourrure immaculée de son lapin domestique toujours revêtu de la petite redingote et du gilet orné d'une montre, qu'il refusait obstinément de quitter depuis que l'illustrateur John Teniel l'avait choisi pour servir de modèle au lapin blanc d'Alice. « Ce baiser de Mme Darling, que personne n'avait pu obtenir, ce fut lui qui le ravit et sans aucune difficulté... Bizarre, n'est-ce pas ? Et elle n'eut même pas l'air fâchée.

« Chaque femme, voyez-vous, Ackroyd, possède un de ces précieux baisers. Même la plus démunie, la plus avilie et désespérée, garde secrètement l'un d'eux sur sa joue flétrie et fardée.

– Je suppose que c'est ce que vous cherchiez en vous penchant à chaque fois sur leur visage...

– Et à chaque fois, il manquait.

– Vous voulez dire qu'il l'avait emporté. Pourtant, vous disiez tout à l'heure qu'il ignorait jusqu'au nom d'un baiser !

– Un dé ou un baiser, un baiser ou un dé...
Qu'importe, il le cueillait car elles le lui offraient...
Les petites catins sans espoir de ciel savaient
Ce qu'à Jack le solitaire, il manquait...

– Je ne sais que penser. Malgré toute la confiance que je vous porte, c'est si extravagant, abracadabrant... je ne puis m'empêcher de douter !

– Connaissez-vous quelqu'un d'autre qui pousse de tels cocoricos, qui puisse traverser la City d'un coup d'aile, se mirer au cadran de Big Ben puis, l'instant d'après, survoler les tombes de Highgate, glisser le long du dôme de la cathédrale Saint Paul et aussitôt s'amuser à lancer des gros mots aux échos de la Whispering Gallery ?

« Quelqu'un d'assez furtif pour se faufiler entre les jambes des bobbies, d'aussi attendrissant qu'il suffit d'un sourire pour convaincre les catins de lui tendre avec ravissement le cou...

« En connaissez-vous d'autre qu'une fée accompagne partout ; donnerait sa vie pour ces beaux yeux et l'alerte au moindre danger ?

« Connaissez-vous meilleur bretteur que lui qui pourfendit Flint, étripa Barbecue et trancha net, sans sourciller, la dextre du capitaine Jacques Crochet ?

« Ou plutôt auriez-vous peur en prononçant son nom de perdre à jamais ce qu'il vous reste d'enfance, de perdre pour toujours le chemin vers cette île lointaine où, par les soirs trop las, nous entraînent les rêves...

« Et puis n'oubliez pas, Ackroyd, que je l'ai vu...

– Si c'est malheureusement celui à qui nous pensons, pourquoi fait-il cela ?

– Par amour... Rien que par amour... »

Ce fut peut-être un effet dû aux lumières déclinantes, mais le détective des fées sembla vieillir de cent ans.

« Chante-nous le genre de maison que tu aimerais avoir », avait demandé Peter Pan à Wendy Moïra Angela Darling en l'amenant à Never Never Land, l'île des Enfants perdus.

Je voudrais avoir une jolie maison,
La plus petite qui se puisse voir,
Avec de drôles de petits murs rouges
Et un toit vert moussu

Aussitôt, autour d'un parquet tapissé de mousse, ils avaient monté des murs de branches poisseuses de résine rouge…

Nous avons bâti les petits murs et le toit,
Et fabriqué une jolie porte.
Dis-nous donc, Maman Wendy,
Ce qui te ferait encore plaisir… ?

Oh ! comme j'aimerais avoir
De pimpantes fenêtres
Avec des roses qui pointent le nez à l'intérieur
Et des bébés qui passent la tête dehors !

En un clin d'œil, les fenêtres étaient prêtes avec de grandes feuilles jaunes en guise de volets. Mais les roses ?

Ils avaient vite fait semblant d'en faire pousser de magnifiques sur chaque façade. Mais les bébés ?

Nous avons fait les roses,
Et les bébés attendent à la porte
Nous ne pouvons nous faire nous-mêmes,
Car on nous a déjà faits.

Ils avaient donc construit aussi vite qu'ils l'imaginaient une jolie cabane aussi petite qu'il se puisse voir avec, clouée sur la porte, une semelle de soulier pour heurtoir et pour cheminée un haut-de-forme sans fond qui fumait. Mais quant aux bébés, c'était autre chose. Peter savait que ce sont les oiseaux de l'île aux oiseaux qui, un jour, deviennent – à la demande – des bébés.

Mais les filles – qui sont bien trop intelligentes, elles, pour tomber de leur landau – voulaient toujours en parler.

Un beau jour, inévitablement, même en plein milieu d'un jeu – une attaque de pirates, la descente d'un torrent en canoë indien – elles prenaient soudain un air grave et, sans se soucier de briser l'exaltation du moment, elles parlaient des bébés.

C'était à chaque fois le signal fatal et le cœur de Peter se brisait car il devinait que cette compagne-là serait aussi éphémère que les autres, que très bientôt, il devrait faire le chemin contraire et la ramener dans cette chambre d'où il l'avait enlevée.

Pourtant Peter savait tellement de choses sur les bébés, tout au moins quant à ceux sur lesquels il régnait – car certains ne sont jamais vraiment des bébés. Il savait que les bébés peuvent tout : nager, voler, aller dans la lune, apprivoiser les baleines, chevaucher les licornes, parler aux sources et aux oiseaux, faire peur aux ogres, épouser pour de rire les sirènes, fabriquer des châteaux d'une poignée de terre, un galion d'une pincée de nuage, un monde d'une poussière de sommeil…

Il racontait : « Quand le premier de tous les bébés se mit à rire pour la première fois, son rire se brisa en mille morceaux qui sautillèrent de tous côtés et devinrent des fées. »

Et lorsqu'on l'interrogeait sur l'humeur de ces versatiles demoiselles, il répondait : « Les fées sont méchantes ou bonnes – tantôt l'un, tantôt l'autre –, elles sont si petites qu'il n'y a pas de place pour plusieurs sentiments à la fois. »

Et il riait de tout l'émail de ses dents de lait. C'est à cause de ce rire et de ses fables, des récits de ses exploits, de sa flûte mélodieuse qui enchantait les rimes, que les petites filles s'envolaient par la fenêtre et le suivaient jusqu'à cet instant redouté de Peter où, se souvenant que les filles sont bien trop intelligentes pour tomber de leur landau, elles s'assombrissaient.

Dès lors elles perdaient tout pouvoir : entre leurs mains, les feuilles de rhubarbe ne se transformaient plus en théière, les coquilles de noix en tasses, les feuilles d'acacia en shillings et la vieille souche d'arbre abattue d'une flèche en pleine course perdait ses saveurs de venaison…

« Ramène-moi, demandaient-elles à Peter. Ramène-moi à la maison.

– Mais c'est ici ta maison. »

Elles haussaient les épaules et la jolie petite maison, la plus petite qui se puisse voir, aux pimpantes fenêtres ornées de roses, disparaissait aussi rapidement qu'on avait fait semblant de la faire exister.

Il avait beau les mettre en garde sur les mamans inconstantes qui, une fois qu'on s'est envolé, ferment la fenêtre à tout jamais, y scellent des barreaux et laissent d'autres enfants pousser à votre place, dans votre propre berceau ! Les avertir que grandir est très dangereux, que chaque fois que l'on dit « je ne crois plus à l'existence des fées, l'une d'elles meurt », et qu'ainsi les grandes personnes en ont fait mourir des milliers…

Et en affirmant cela, Peter grinçait de toutes ses dents de lait et se mettait à respirer à petits coups très brefs – à raison de cinq par seconde – car un adage de l'île prétendait en effet que chaque fois qu'un enfant perdu respirait, une grande personne tombait raide morte. Aussi Peter s'efforçait-il de respircr le plus souvent possible.

Mais il avait beau dire ou beau faire, tenter de les impressionner par mille acrobaties, les menacer, les éblouir de fantasmagories, leur offrir l'Éternité, ses promesses et prouesses, ses pitreries, ne montraient plus d'attrait.

Leurs prunelles s'éteignaient et elles ne voyaient plus les Elfines se prélasser dans les calices des digitales. Elles préféraient grandir, vieillir, mourir pour de vrai.

« Mourir ! Ça c'est une aventure ! affirmait Peter avec envie, mais pas de cette façon, en s'enfermant dans une boîte sans lucarne, sans cheminée par où s'échapper et aller explorer tous les sentiers de l'Autre Côté ! »

« Ramène-moi », avait fini par lui demander, comme toutes les autres, Wendy qu'il espérait garder sur l'île pour toujours. Il y avait du regret dans sa voix, et encore une partie de son cœur accrochée aux roses de la maison la plus petite qui se puisse voir, mais, dans sa tête déjà, elle recopiait ses devoirs.

Avant de quitter le numéro 14 où il la rapporta, il demeura quelques instants assis sur la fenêtre à l'épier…

« Il arrivait à Peter de connaître des félicités, interdites aux autres enfants, mais, à ce moment-là, il regardait à travers la vitre la seule joie qui lui fût à jamais refusée.

« Comprenez-vous, Ackroyd, l'histoire est simple à résumer. Wendy grandit et obtint le prix d'excellence. Peter n'était plus pour elle qu'un peu de poussière sur le coffre où elle avait rangé ses jouets. Wendy était devenue une grande personne. Elle était de celles qui aiment grandir, et avait même réussi à devenir adulte de son propre gré, un jour plus tôt que les autres filles…

« Elle épousa, en robe blanche et voile rose, un certain M. Reginald Hargreaves. On peut s'étonner que Peter ne soit pas accouru à l'église, dague au poing, empêcher les bans d'être publiés, mais il y a toujours des Hargreaves sous les balcons des femmes-enfants prêts à les ramener à la raison.

« Derrière la fenêtre, Peter a vu le ventre de Wendy – comme chez toutes les autres – s'arrondir. Ce ventre mystérieux au cœur duquel doit se dissimuler le secret qui pousse les petites filles à vieillir.

– Vous n'allez pas prétendre que c'est à cause de cela qu'il déchire et dévaste aussi douloureusement ?

– Hélas ! Il n'a toujours rien trouvé… »

Une petite catin sans espoir de ciel
En robe de deuil attend qu'on l'appelle
Jack descend à tire-d'aile
Il n'en reste plus…

C'est l'heure où tous les chats sont gris que Mary Jeannette Kelly, la belle « Black Mary », choisit pour faire la souris. Elle aurait voulu être danseuse de revue, lever haut la jambe, le derrière emplumé, et chanter sous les projecteurs le « Ta-ra-da-boom-di-ay » ! Mais l'étoile des Vœux n'est toujours pas passée et, jusqu'à présent, elle n'a connu d'autre scène que celle du trottoir, les feux du réverbère et la clientèle des caniveaux. Le caniveau de Limerick où elle est née, les caniveaux du

Carmarthenshire où elle a grandi, les caniveaux de Hay Market où elle a appris le métier, ceux de Bethnal Green, de Billinsgate et enfin celui de Whitechapel dans lequel elle a dégringolé, mais qu'elle continue à défier en le sautant à cloche-pied.

Malgré le gin Mary a toujours le teint frais, le cheveu noir, la taille bien prise, et n'est pas peu fière de toute sa rangée de dents qui attire le client à manchettes. Aussi, elle ne craint pas de faire chou blanc sous la lune. Mary ne cherche pas mais se laisse trouver ! D'autant qu'elle n'est pas du genre à bouder les spécialités et, contrairement à ses pauvres consœurs sans logis – obligées d'officier debout contre un mur –, elle possède son galetas. Une chambrette au 13, Millers'Court. Il faut d'ailleurs qu'elle rembourse dès demain matin les vingt shillings de loyer en retard si elle veut le conserver. Mais il n'y a pas de souci à se faire : un petit tour de balcon devant « Les Dix Cloches » et la galette en poche ! C'est toujours ce qu'elle dit : un p'tit tour de balcon au « Dix Cloches » et la galette en poche ! et c'est pas le couteau de Jack qui va l'attraper.

Trois souris aveugles, trois souris aveugles,
Regardez-les courir, regardez-les courir,
Elles chassent toutes la fermière,
Qui leur a coupé la queue avec son grand couteau.
Avez-vous jamais rien vu de semblable de votre vie

Que ces trois souris aveugles !
Minuit sonne ses douze coups
C'est à Jack qu'on passera la corde au cou

Fredonne Mary Jane Kelly en ajustant guêpière, jarretières et bibi…

Un jour l'étoile des Vœux viendra bien lui répondre : c'est un milord qui descendra d'un cab aux banquettes couvertes de fleurs et l'emmènera comme une reine loin de Limehouse et du East End, au théâtre de Drury Lane et des beaux quartiers.

À l'enquête, Mary Ann Cox, une vieille prostituée, logée à deux pas de là, dans les « garnis Mac Carthy », ainsi que George Hutchinson déclareront qu'en sortant du « Britannia » – le pub du coin de Dorset Street – ils avaient entendu Black Mary chanter : « Je n'ai cueilli qu'une violette pour la tombe de ma mère » et « Zilah, j'en ai cueilli une pour te l'apporter, ma bien-aimée ».

Juste au moment de sortir, elle avait vu s'illuminer sa fenêtre à la façon d'un vitrail d'église avec un ange souriant au milieu d'une rosace.

Il s'était mis à pleuvoir…

À trois heures, il n'y avait plus ni lumière ni chanson chez Mary Kelly.

« Il a recommencé. Il a recommencé, et cette fois c'est le bouquet ! »

Lorsque le policeman, les yeux emplis d'horreur et chancelant, s'effaça devant eux, Perthwee et Ackroyd restèrent pétrifiés sur le seuil.

Le misérable taudis que Mary Kelly appelait sa chambrette mesurait quelque douze pieds carrés et était meublé avec parcimonie. À gauche de la fenêtre, exactement en face de la porte, il y avait une cheminée surmontée d'une gravure bon marché intitulée *La veuve du pêcheur*. Dans le coin le plus éloigné, un placard béant révélait quelques pièces de vaisselle, plusieurs bouteilles de ginger-beer vides et un croûton de pain. Le regard tombait ensuite directement sur le lit, le meuble principal de la pièce. Les couvertures en avaient été arrachées : elles étaient éparses sur le sol, pêle-mêle avec des vêtements ensanglantés. Sur le matelas imprégné de sang gisait le tas de chair rouge qu'avait été Mary.

Les murs, le mobilier étaient cramoisis.

Entre le lit et la table, Jack l'Éventreur s'était livré à une sorte de dissection systématique d'une monstruosité difficile à dépasser.

« Le corps était allongé au milieu du lit, les épaules à plat, mais l'axe du corps était légèrement incliné vers le côté gauche du lit, la tête tournée sur la joue gauche. Le bras gauche se trouvait le long du corps, avec l'avant-bras replié à angle droit et reposant en travers de l'abdomen. Le bras droit, quelque peu détaché du corps, se trouvait sur le matelas, tandis que l'avant-bras, posé sur l'abdomen, laissait apercevoir les doigts serrés. Les jambes étaient largement écartées, la cuisse gauche formant un angle droit avec le tronc, tandis que la cuisse droite dessinait un angle obtus avec le pubis.

« Toute la surface extérieure de l'abdomen et des cuisses a été arrachée, alors que les viscères ont été retirées de la cavité abdominale. Les seins sont coupés à leur base, les bras mutilés par de nombreux coups de couteau irréguliers, et le visage est totalement méconnaissable. Les tissus du cou ont été sectionnés jusqu'à l'os.

« Les viscères ont été éparpillées un peu partout : l'utérus de condition normale et non gravide, les reins et un des seins se trouvent sous la tête ; l'autre sein, près du pied droit ; le foie, entre les pieds ; les intestins, à la droite du corps ; la rate, à la gauche du corps.

« Des lambeaux de chair de l'abdomen et des cuisses ont été empilés sur une table.

« Le cœur a été retiré et n'a pas été retrouvé. »

« Il a volé le cœur, mon Dieu, Perthwee, il a volé le cœur ! Vous devez l'empêcher de nuire ! Le neutraliser avant qu'il ne recommence.

– Peut-être va-t-il s'arrêter là…

– Il ne trouvera rien dans ce cœur, vous le savez très bien. Sa quête est loin d'être close. Je devine ce que vous pensez, Perthwee, mais il est dangereux. Vous devez, il est de votre devoir d'agir ! Vous seul savez où le trouver…

– La deuxième à droite, et puis droit devant jusqu'au matin…

– Je vous en prie ! Nous pouvons, pourquoi pas, trouver une solution, un compromis, le raisonner, traiter avec lui…

– C'est bon, allons-y !

– Où cela ?

– Dans l'île Serpentine… Cocher ! à Kensington Garden !

– Et faites vite ! ! »

Ils ont hélé un cab et l'attelage roule et gronde comme un orage sur les pavés, les sabots martèlent avec fracas et les coups de fouet sont les éclairs. Par la fenêtre se penchant, Ackroyd, à chaque avenue, interroge le ciel sans étoiles, les nuages désordonnés qui semblent tourner fous et effacer le passage d'un Icare fugitif. Les mensonges de la nuit brouillent les pistes, déplacent sans bruit des quartiers, des édifices, jouent à nouer des rues en rond, à détourner la Tamise, à imposer aux pions les règles et dédales d'un diabolique échiquier…

« Le bûcheron qui dans la forêt pénètre, le manche de sa hache est déjà contre lui… »

Ils débouchent dans Aldgate, mais ce n'est pas Aldgate, remontent toujours au grand galop, des étincelles de colère sous les fers, Cornhill, Cheapside, Newgate, mais ce n'est ni Cornhill, Cheapside, Newgate, et les hautes façades noires de High Holborn ne sont que des trompe-l'œil.

« Où sommes-nous, Perthwee. Où sommes-nous ? !

– La deuxième à droite, et puis droit devant jusqu'au matin ! »

Ils semblent s'élever, voler le long de l'interminable artère d'Oxford Street. Leurs tympans piétinés n'entendent plus que le vide du silence et le souffle aérien des chevaux…

« Bayswater ! annonce le cocher. Où j'vous descends, mes seigneurs ? »

Baywaster qui longe les jardins désertés de Kensington…

« À Malbourgh Gate. »

Ils ont franchi d'un bond la grille d'entrée et foulent les herbes ouatées des pelouses sans fin, sans autre fond que des bosquets sans fond, aux arbres sans autre feuillage que l'ombre. Longent, après avoir laissé à gauche et à droite les sentiers de Budge's Walk et Buck Hill Walk, la rivière Long Water que les cygnes blancs en s'y noyant ont transformée en onde d'argent.

« Voyez ! »

Au-dessus du vieux pont de bois qu'enjambe la Serpentine, un essaim de lucioles tourbillonne, déroule son ruban de froufrous et de luminescences, va, vient, se pose, retourne palpiter plus loin et étendre une traîne d'étoiles autour d'un… lutin.

« “Il ressemblait au baiser de Mme Darling, vêtu de feuilles collées par la résine qui suinte des arbres”, récite Ackroyd, saisi d’émerveillement. On dirait un petit Pixie, regardez comme il est divin », et il ne peut réprimer comme un sanglot ou un rire d’enfant.

« C’est l’Esprit des lieux… il en est la flore et la faune et le prolongement de l’âme secrète…

– Il tient du bébé, de la texture des roses, des sources, de la fouine, de l’oiseau et du lapin. Mais que fait-il en sautillant et en riant dans le vent ? Oh ! il porte un coquillage auprès de son oreille !

– Ce n’est pas un coquillage, Ackroyd : c’est le cœur de Mary Jane Kelly.

– Mon Dieu ! »

Peut-être que si Ackroyd n’avait pas ainsi crié, rien de tout cela ne serait arrivé…

Les fées-lucioles à l’ouïe si fine ne se seraient pas envolées, Clochette ne se serait pas précipitée, Peter n’aurait pas brandi son poignard. Ackroyd n’aurait pas tiré…

C’est un petit corps aussi léger qu’une jonchée d’automne que serre entre ses bras le détective des fées.

Un peu plus loin, agenouillé dans l’herbe assombrie, Ackroyd sanglote à l’unisson des présences alentour…

La lune si pâle, voilée par les nuages, lentement se désagrège.

Il a suffi d'un seul souffle pour disperser les cendres de clochettes...

Mais ce n'est pas fini, car Perthwee connaît par cœur l'histoire. Il sait de quelle façon on fait renaître les fées, et les enfants-lutins.

Souvenez-vous comment Peter Pan s'y était pris, lorsque Clochette avait donné sa vie pour lui... Vous en souvenez-vous les enfants ?

« Peter pensait que Clo pouvait être sauvée si les enfants proclamaient bien haut qu'ils croient aux fées...

« ... qu'ils croient à Peter Pan ! » espère et clame Perthwee en se levant, en appelant aux échos, les bras tendus.

À travers les allées...

Il n'y avait pas d'enfants ici, et c'était la nuit, mais Perthwee s'adressait à tous ceux qui rêvent au pays de l'Imaginaire et qui, par conséquent, se trouvaient plus proches de lui que vous ne le pensez : garçons et filles en chemise de nuit, bébés peaux-rouges suspendus aux arbres dans leur berceau.

« Croyez-vous aux fées ? cria Perthwee. Croyez-vous à Peter Pan... ?

« Si vous y croyez, criez et frappez bien fort dans vos mains, ne les laissez pas mourir !... »

Et, au milieu des clameurs du Jardin, Perthwee criait le plus fort...

Petite table couvre-toi

Son maître lui fit cadeau d'une petite table qui n'avait pas l'air de grand-chose et qui était faite d'un bois tout ordinaire, mais qui avait une rare qualité : quand on la posait devant soi en lui disant : « Petite table, couvre-toi ! », elle se recouvrait aussitôt d'une nappe propre sur laquelle il y avait le couvert, l'assiette, le couteau et la cuillère, avec des plats fumants bien garnis, aussi nombreux qu'ils pouvaient y trouver place…

GRIMM

Il était une fois le désespoir fait homme…

C'est épouvantable, monsieur le commissaire, pauvre, pauvre Reptilia ! Je ne m'en remettrai jamais. La vie est finie désormais pour moi ! Comprenez donc, elle m'avait rendu la jeunesse. Mais voilà ! Je ne suis plus qu'un vieux fou désespéré entouré de jouets et de limonaires désaccordés.

Pauvre, pauvre enfant ! C'est affreux, finir de cette façon ! Elle, si gaie, si insouciante : un petit oiseau des îles. Toujours à chanter, danser, à virevolter mille acrobaties ! Quelle horreur !

Permettez que je me mouche, commissaire : l'émotion !

Puis-je vous offrir un cordial ? Ah non, pas pendant le service. Excusez-moi. Ne m'en veuillez pas si je me sers, mais un peu d'alcool m'aidera à reprendre haleine. J'en ai le cœur qui lâche. Pensez donc, nous devions nous rendre au Festival du Cirque à Moscou dans une semaine !

À cette idée, elle battait des mains comme une gamine. Une gamine certes un peu capricieuse, mais la jeunesse excuse tout !

Vite ! Il me faut m'asseoir, mes jambes se dérobent et je me sens si mal, si mal ! Le misérable ! Vous allez le retrouver, commissaire ; ne le laissez surtout pas s'échapper : il mérite la guillotine. Soyez assuré que la peine de mort d'ordinaire me répugne, mais c'est le diable en personne ! Le démon incarné ! Imaginer une mise en scène aussi morbide. Il faut être sadique, malade, dégénéré. Le vampire doit expier !

Non, je n'ai touché à rien. À rien.

Pensez donc, je vous ai averti tout de suite. J'ai crié et je me suis effondré, des voisins alertés se sont précipités et vous ont immédiatement téléphoné.

Comment l'ai-je découverte ?

En rentrant.

C'est-à-dire que je voulais lui faire une surprise. Regardez ce bouquet posé sur le guéridon et le petit paquet en papier doré niché dedans ; c'était une bague achetée pour célébrer l'anniversaire de notre rencontre, un saphir, qu'hélas elle ne pourra jamais déballer ni glisser à son doigt. Chère, chère Reptilia !

Mais je parle, je parle, et je mélange tout. Pardonnez-moi encore. Je vais essayer d'être plus clair et commencer par le début…

Ne vous impatientez pas si parfois le chagrin m'interrompt. Je sais qu'un homme ne devrait pas pleurer, mais je ne suis plus qu'un vieillard à l'âme émiettée…

Oh si, commissaire, vous êtes trop bon, mais je sens que mon cœur est définitivement brisé !

C'était il y a deux ans ; j'ai rencontré Reptilia au cirque : une adorable contorsionniste. Petite poupée asiatique à la fois feu follet et nymphe de l'arène. Quand le halo est venu l'éclairer, elle a semblé jaillir de la piste. Le flonflon des cuivres, les cris d'enfants, le chahut du public : tout s'est tu, et je n'ai plus eu d'yeux, plus d'attention que pour elle. L'adorable enfant de pain d'épices vêtue d'un étroit maillot de paillettes, le chignon d'ébène piqueté de sucreries de strass, les joues de noix confites, bouche cerise et les yeux réglisse fendus d'une geisha de safran !

J'aurais voulu avoir vingt ans. Être son partenaire : dompter les tigres, charmer les pythons, m'élancer sans filet dans les airs, avaler des sabres, cracher du feu… l'impressionner, la séduire ! Las, j'avais l'âge d'être son père, presque son grand-père !

De santé médiocre, disgracieux, maladroit, chétif, j'enviais l'athlète basané et musclé qui lui servait de comparse, qui lui tenait la taille, lui passait les cerceaux, plantait les épées acérées entre lesquelles elle insinuait son corps exquis de sylphe… puis le soir devait la talquer, la masser et sans doute bien plus !

Mon regard ne pouvait plus se détacher de l'artiste appliquée à déployer l'étonnant éventail de son numéro. Il me suffit de frotter d'un abracadabra la lampe des mémoires et aussitôt en resurgit l'impérissable souvenir.

J'avais plus d'une fois admiré les prouesses d'habiles contorsionnistes mais celles que dévoilait Reptilia dépassaient la simple performance physique, pour atteindre les subtils envoûtements de quelque gestuelle ténébreuse et sacrée, la fascinante et rituelle fusion du cobra et de sa prêtresse.

Le corps mû par un fluide magique, libéré de ses imperfections charnelles, faisant fi du jeu réduit des tendons, des muscles, de la rigidité des attaches, se déboîtait sans heurt, pliait, se risquait à d'impossibles envers, d'inextricables volutes. On appréhendait, dents serrées, que cède un angle aigu ; mais là où aurait dû se briser une ossature de verre, se coulait l'arc flexible d'un entrelacs sans fin…

La taille ondoyait, se cassait voluptueusement, se cambrait, rampait. Les cuisses serpentes s'ouvraient, ondulaient, se nouaient aux bras, autour du torse harmonieusement creusé, puis, après un déhanchement suprême, c'était toute la silhouette qui semblait se déstructurer, s'abstraitiser en puzzle de détails charmants. Pieds menus enfouis dans le chignon, écrin satiné des fesses où venait reposer le menton – et renaissait sous la forme d'une fleur… corolle de membres et bouquets d'arabesques au cœur desquels apparaissait le visage de la Nymphe.

Et durant chaque douloureuse phase de la métamorphose ni le front lisse, ni les lèvres souriantes ne trahissaient la moindre ridule d'effort.

Reptilia s'était nouée, dénouée, épanouie comme sous l'influence d'un « charme dissimulé sous les galbes d'un épiderme enchanté ».

Vous vous demandez, je suis certain, commissaire, comment une erreur de la nature telle que moi a pu séduire la déesse !

Ma foi, sachez que je bénéficie d'une certaine autorité voire d'une autorité certaine dans le milieu du cirque. Comme vous pouvez d'ailleurs le constater autour de vous, je suis un fou de spectacle ! J'ai, selon l'expression des « enfants de la piste » de la « sciure dans les veines » ! et si, hélas, le Créateur ne m'a point doté des avantages d'un roi de la scène, j'ose néanmoins prétendre au titre, comment dirais-je… de souverain des coulisses !

Une fortune, que l'on peut qualifier de très confortable, laissée par mon défunt père, m'a permis de réaliser mes fantasmes les plus extravagants, les plus dispendieux !

Ma passion brûlant à la cime des chapiteaux j'ai, sans compter, converti titres, terres, placements immobiliers, valeurs boursières en parades, paillettes, plumes, feux d'artifice et tutus d'écuyères.

J'ai aidé les artistes à monter des spectacles, spéculé dans le clown et l'acrobate, misé dans le funambulisme, subventionné des circus, acheté de la panthère, du singe, des caniches savants et des hippopotames. Si aujourd'hui le cirque dépouillé de ses fastes d'antan se meurt par défection d'un public trop blasé, il n'en a pas toujours été ainsi, et bon nombre de légendaires familles de l'âge d'or me doivent célébrité et réussite. Demeurant à l'écart des publicités, je préfère me fondre parmi les spectateurs et ainsi garder intact un émerveillement d'enfant. Cependant, bien qu'inconnu du public, il va sans dire qu'auprès des professionnels je passe pour un mécène des plus estimés… et honorés.

Vous devinerez sans peine, commissaire, que l'enfant fut donc très flattée et intimidée lorsque le directeur du Grand Cirque Carrington, où elle se produisait, cédant implicitement à ma requête, m'introduisit avec force louanges à mon endroit dans la médiocre caravane qu'elle partageait avec l'infâme métèque.

Ah ! monsieur le commissaire, il est certain que déjà le regard haineux et jaloux qu'il nous lança alors aurait dû m'alerter, mais, tout entier à l'exaltation du moment, je ne prêtai guère attention à ce Spectra Satana – oui, commissaire, un bien vilain surnom pour un bien hideux personnage !

Pauvre, pauvre Reptilia !

Mais revenons à cette soirée magnifique d'avril où – en cachette de son abominable croquemitaine – j'emmenai pour la première fois l'aimée au restaurant.

D'avril tout ce que tu vas planter
En mai va croître, fleurir, pousser

« Avril fait éclore en secret les édens de mai », prédit avec justesse le dicton, il n'en va pas autrement des amours d'avril à la branche de mai...

Le champagne pétillait de cette buée d'or qui emperle les jardins par les soirs de printemps. De ces vapeurs déclinantes nous parvenaient des suavités d'herbes remuées, de primevères, de jacinthes, de jonquilles qui, avant de se replier, soupirent aux roucoulades du merle, et aspirent à offrir leur corolle au sommeil de l'Elfe vagabond. Attiré par les halos des chandelles de table un papillon attardé, ivre de sucs, cherchait à traverser le miroir trompeur des vitres, les ailes aussi affolées que nos cœurs pollennisés.

Dans le regard bridé et juvénile de Reptilia la voie lactée m'ouvrait le chemin de son âme tandis que je l'abreuvais de billevesées, de plaisantes anecdotes autour de vedettes du cirque à qui je volais le beau rôle. Je me vantais, mentais, faisais si bien le mirliflore qu'elle riait trop pour pouvoir suivre l'ascension vertigineuse d'une carrière internationale que je lui promettais. Elle aussi babillait, gazouillait. Chaque mot qu'elle croquait m'évoquait le gingembre fraîchement râpé, le litchi.

Excusez-moi, monsieur le commissaire, je dois changer de mouchoir, celui-ci est trempé.

Que disais-je encore ?

Ah oui, Reptilia ! Chère, chère enfant qui n'avait jamais connu d'autres joies que la satisfaction du travail bien fait et la récompense des applaudissements. La mort accidentelle et prématurée de sa trapéziste de mère l'avait laissée à la merci d'un père brutal et alcoolique qui s'était borné, pour tout enseignement, à lui faire entrer l'art de la contorsion à coups de trique avant de la vendre, dès quatorze ans, à un lanceur de hachettes et de couteaux, connu sous le douteux nom de scène de Spectra Satana !

Elle ne lui avait d'abord servi que de cible mouvante. Chaque soir, les yeux bandés, face aux gradins haletants, il soulignait au plus près sa silhouette d'un bouquet de lames acérées, puis l'aptitude de l'adolescente à plier son corps à volonté, à le manipuler à sa guise, à l'insinuer dans des cages, des caissons de contenance de plus en plus réduite n'avait pas tardé à le convaincre d'en exploiter tous les attraits – tous les attraits –, monsieur le commissaire !

Le saltimbanque se fit Pygmalion et de sa boîte à malices en retira « Reptilia la liane vivante » !

L'affiche annonçait un programme complet de Grande Illusion : des émotions fortes et du mystère. Satana, reconverti en maître nécromant, y proposait, outre les habituelles fantasmagories d'apparitions, disparitions, lévitations, malles des Indes pimentées de contorsions lascives, un époustouflant numéro final inspiré d'un conte de Grimm assez connu : celui de *Petite table couvre-toi.*

Vous savez bien, commissaire, cette histoire de petite table magique qui se couvre aussitôt de vins fins, de copieuses victuailles dès qu'on le lui ordonne…

Habile à se rapetisser, à se faufiler d'un double fond à l'autre, Reptilia y excellait et rendait les trucages et tours de passe-passe plus ahurissants encore.

Satana, sur une simple planche posée sur quatre pieds, l'allongeait, la ligotait, l'enchaînait, la cadenassait, puis la sciait, la découpait en mille morceaux, tronçonnait un puzzle sanglant ! Et, au milieu d'un silence angoissé, et de quelques pâmoisons, lançait l'abracadabra :

Petite table couvre-toi !
Petite table couvre-toi ! !
Petite table couvre-toi ! ! !

Dans l'embrasement bariolé des feux de Bengale, la petite table disparaissait avant de resurgir instantanément couverte d'une nappe dentelée, d'argenterie, de mets, de gâteaux, de pièces montées en carton… et de la belle à demi nue, offerte, intacte, sur un plat décoré de papier crépon, de guirlandes et de lampions !

Voilà, monsieur le commissaire, à quoi se résumait l'existence de Reptilia…

Le soir même, je lui proposai le mariage, de quitter l'amant farouche – qui, m'avoua-t-elle, la battait –, de quitter la méchante roulotte pour gagner les fastes d'un château en Espagne, d'un manoir historique près d'Édimbourg, d'un chalet suisse et la luxueuse « folie » de cet hôtel particulier où nous nous trouvons céans. Je lui proposai tout ce que j'avais. Tout ce que je pouvais avoir ! Tout ce qu'elle désirait, monsieur le commissaire. J'étais le Père Noël, abandonnant son palais de joujoux à la petite Alice... Je lui offrais le choix de quitter une fois pour toutes le cirque, à moins de lui monter le sien où alors – et ce serait son choix – elle ne se contorsionnerait plus que pour moi sur un petit bijou de scène que je lui ferais dans un salon bâtir, et dans lequel nous nous trouvons, monsieur le commissaire.

Ainsi l'impérieux besoin du spectacle jamais ne lui manquerait.

Vous pouvez le constater autour de vous, j'ai tant collectionné : ce n'est plus un immeuble d'habitation mais un musée du cirque ! Voyez : le costume de Grock, le matériel du Grand Houdini, la hache de Bénévol... Savez-vous que cette galerie de personnages de cire représente trait pour trait les plus célèbres étoiles de la piste ! Voici le père de tous : le clown Giuseppe Gimaldi et voilà Zemganno. Ce sont leurs vrais maquillages, leurs atours d'origine : une véritable fortune ils m'ont coûté ! Et ce cheval empaillé, harnaché pour la parade, s'est cabré sous la cravache de Lola Montès !

Suivez-moi, commissaire, que je vous serve de guide, vous annonce le programme ! Admirez la fanfare de cet orchestre d'automates. On remonte la manivelle, et ils ne s'arrêtent plus !

Au plafond évoluent les trapèzes des fous volants. Il n'y a qu'à tirer sur le levier et ils s'envolent, voltigent et pirouettent.

Et que dites-vous du numéro de dompteur enfermé dans la cage aux fauves avec les tigres, les ours, les lions ? Ne dirait-on pas des vrais ? Il suffirait d'une seconde d'inattention du Maître pour qu'ils s'élancent, griffent et croquent ! Ne vous en approchez pas trop, on ne sait jamais !

Voulez-vous jeter un coup d'œil au « Musée des Horreurs », frémir aux barrissements terribles de l'homme-éléphant. Si vous ne craignez point le regard fascinant de la femme-sirène, les bras de la femme-araignée.

À moins que vous ne préfériez visiter la ménagerie, nous possédons une girafe naine, un zèbre à deux têtes…

Attendez, j'allume les coulisses. Oh pardon ! Je crains que nous n'ayons effarouché une écuyère à sa toilette. Entrez, je vous en prie, commissaire, ne soyez pas timide, nous ne risquons pas de la choquer, ce n'est qu'une poupée de cire, et sa rougeur est factice ! Que dites-vous de la garde-robe, du choix des costumes de lumière ! Fracs de pitres blancs, maillots d'acrobates, tutus de fils d'or, dominos, brandebourgs, panaches : de la cave au grenier les trésors s'amoncellent !

N'est-ce pas un palais féerique que j'offrais à la belle de mon cœur !

Il suffit de mettre la machinerie en marche et le spectacle commence, les applaudissements éclatent, les cuivres flonflonnent, les rideaux s'écartent, les projecteurs saluent l'entrée de Monsieur Loyal coiffé de son haut-de-forme…

« Entrez, entrez, mesdames et messieurs, le spectaaaaaacle va commencer ! »

N'y avait-il pas là, monsieur le commissaire, de quoi séduire le cœur de celle qui avait ensorcelé le mien ? « Reptilia ! Reptilia ! épousez-moi et je ferai votre bonheur ! » lui ai-je alors promis ce beau soir d'avril-là, monsieur le commissaire.

Et Reptilia m'a suivi…

Et auprès d'elle j'ai connu la félicité.

Comment vous expliquer ? Ce n'est pas facile… J'avais jusque-là toujours vécu en retrait, dans un palais de Belle au bois dormant, parmi des splendeurs figées, des pantins sans vie. J'existais au ralenti, à travers l'émotion des autres sans jamais y participer. De la même façon qu'à l'école je restais sous le préau à regarder les autres enfants jouer. Hors de la piste, sans oser entrer…

Elle m'a pris la main et je l'y ai suivie. Telle une princesse charmante, sur le décor enseveli, elle a jeté une poudre de fée pour tout animer.

J'ai fait le Gugusse. Oui, monsieur le commissaire, je n'ai pas honte de le dire. Elle m'a grimé, coiffé d'une perruque verte, collé un gros nez rouge, chaussé d'immenses godillots, cravaté d'un nœud arroseur.

J'ai revêtu une peau de lion, rampé à quatre pattes, rugi, fait le beau, présenté mon dos aux caresses de la belle bottée, moulée d'une courte veste écarlate de dompteuse. Je m'aplatissais au claquement du fouet ! C'était une fête perpétuelle. Reptilia suggérait, je renchérissais. Reptilia alors dansait et je chantais ! Nous avions même envisagé de travailler un numéro de music-hall que nous aurions été présenter à travers le monde !

Et, hum – ceci évidemment – entre nous, monsieur le commissaire, c'est délicat, néanmoins, de vous à moi, entre hommes, je... enfin, moi qui ne... depuis longtemps... Eh bien, un vrai jeune homme ! Le soir, uniquement vêtue de quelques fleurs de paillettes, la coquine me concoctait le meilleur de son répertoire acrobatique et... je... je vous laisse imaginer !

Excusez-moi si je m'épands aussi impudiquement, monsieur le commissaire, mais un policier n'est-il pas une sorte de médecin de l'âme, un prêtre aussi. Vous côtoyez tant de misères, pénétrez si loin dans le secret des êtres... C'est pour cette raison que j'ose me confesser ainsi, vous me comprenez, j'espère !

Nous ne nous séparions presque jamais, sauf le mardi et le vendredi après-midi, jours où ma femme se consacrait à ses coûteux mais « piquants » achats ! Nous vivions ensemble la conclusion d'un beau conte qui aurait pu durer ainsi longtemps, longtemps, jusqu'à la fin des temps. Mais un jour, un jour noir et mauvais, Satana fit sa réapparition – ce qui pour un illusionniste pourrait prêter à rire si je n'étais si triste... Il vint sonner, carillonner, ivre, injurieux, menaçant. Sa nouvelle partenaire s'était enfuie – et on la comprend –, le laissant dans l'impossibilité de réaliser seul son numéro. Le cuistre me tenait pour responsable de ses infortunes et, dès lors, m'estimait redevable de dommages et intérêts.

Je ne voulais pas d'histoires et, bon prince, rachetai généreusement son matériel le double du prix, dont – note sentimentale – la fameuse « Petite table couvre-toi », fort mal entretenue soit dit en passant ! Il comptait avec cet argent rejoindre une troupe du midi de la France et y reprendre son ancienne attraction de lancer de couteaux. Que pouvais-je faire d'autre, monsieur le commissaire, je lui aurais même offert davantage pour le voir disparaître.

En fait, aujourd'hui, tout s'éclaire : le monstre n'avait d'autre intention que de venir repérer les lieux afin de s'immiscer lors d'une de mes absences, et obliger la pauvre Reptilia à le suivre. Ce qu'il fit d'ailleurs quelques semaines plus tard.

Soucieuse de ne pas m'inquiéter, Reptilia préféra tout d'abord passer l'écœurante visite sous silence, mais, ayant découvert en bas de ses reins d'horribles et noirâtres ecchymoses, l'adorable enfant ne put faire autrement que m'avouer le drame !

Le scélérat avait forcé la porte, osé la frapper quand elle avait courageusement repoussé ses ardeurs. Mon sang ne fit qu'un tour, monsieur le commissaire. Il me fallait agir, mettre sans attendre un terme à ce harcèlement.

Prenant prétexte que le mécanisme de la « Petite table couvre-toi » exigeait une réparation, je le contactai mine de rien afin de l'attirer et régler l'affaire une fois pour toutes. Croyez-moi, monsieur le commissaire, je vous jure que malgré ma colère, justifiée vous en conviendrez, je n'avais aucune mauvaise intention à son égard. Je comptais le tancer sévèrement – de vive voix –, lui expliquer que son acharnement à reconquérir Reptilia était ridicule et tout à fait vain et, pour conclure, qu'une autre récidive de sa part aboutirait à une implacable poursuite en justice ! Cela étant, j'étais prêt à lui payer un billet d'avion et ses frais de voyage, qu'il déguerpisse au plus vite !

Hélas, j'étais loin d'imaginer que… Mais voilà que la tête me tourne, que des palpitations m'assaillent à nouveau… Tout se mélange… Tout se dérobe, hormis la terrible image de… Mon Dieu, monsieur le commissaire, que puis-je ajouter d'autre, sinon que je ne sais rien. Que je dépose ma confiance entre vos mains et celles de vos limiers avec l'espoir que vous parviendrez à attraper l'assassin grâce à cette finesse de déduction et cette efficacité qui vous caractérisent. Comme me le faisait remarquer lors d'une dernière réunion du cercle mon ami Deschamps, votre ministre...

Je vais donc tâcher de vous aider et mettre un peu d'ordre dans le déroulement des événements. Je vous demanderai cependant d'être quelque peu patient et indulgent si l'émotion me submerge et m'embrouille, mais n'hésitez pas à m'interrompre et exiger plus de clarté quand j'omets un détail, si je parais confus. Voyez-vous, je crains que la douleur en même temps que mon âme ne m'ait dévasté la raison.

Enfin voilà. Il était convenu que l'explication avec Satana aurait lieu dans mon bureau à dix-sept heures. Reptilia, tenue sous un prétexte quelconque à l'écart dans les étages, ne devait rien en savoir. La pendule marquait quatorze heures trente, il me restait tout le temps voulu pour courir chercher un cadeau à ma chère épouse... Oh, mon Dieu, j'oublie déjà de vous dire que nous devions fêter en tête à tête, au soir, l'anniversaire de notre première rencontre. Car, oui, commissaire, c'est aujourd'hui, jour pour jour, que j'ai... le temps s'est arrêté... à ma douce ballerine demandé d'unir nos destinées.

Je me dépêchai donc chez le joaillier quérir le saphir que depuis plusieurs semaines j'avais fait graver et empaqueter pour commémorer la soirée fleurie d'avril qui nous avait réunis en un perpétuel printemps, et tandis que je marchais je répétais le poème tendrement rédigé à cette occasion. Outre les blandices que vous pouvez deviner, j'y faisais allusion à un joli trois-mâts blanc : le *Reptilia* acquis en secret et ancré à La Rochelle, qui n'attendait plus que l'ordre d'appareiller de sa belle capitaine pour faire voile sur Java et les îles enchanteresses.

Mon Dieu, il me semble revivre l'impression d'angoisse qui, je ne sais par quel pressentiment, m'envahit et m'étreignit la gorge quand, de retour, je posai la main sur la clenche et poussait la porte du vestibule.

J'ai ressenti un froid intense, touchez ma main, commissaire : la vie s'en est à tout jamais retirée.

« Chou… Chououououuu ! » m'accueillait-elle toujours dès qu'elle entendait mon pas sur le dallage. Mais cette fois, nul trottinement ne vint à ma rencontre, ce qui m'inquiéta fort car certains préparatifs n'avaient certainement pas échappé à la fine mouche si habile à flairer les surprises et les cadeaux.

Je sursautai sous la courte averse des quatre coups du carillon.

Seize heures !

Le monstre avait-il devancé le rendez-vous ? Était-il déjà venu ?

« Reptilia ! » J'appelai par les quatre coins de la maison figée de silence.

Voyez, commissaire, j'en ai encore la chair de poule… Elle n'était pas dans sa chambre. Elle n'était pas au salon. Ni à l'étage, ni dans son boudoir. Partout, de pièce en pièce, comme un fou je la cherchai, j'interrogeai le dédale du musée. Une angoisse affreuse me submergeait comme la vague entraîne le noyé.

« Reptilia ! Réponds-moi. Où es-tu ? Où te caches-tu ? Reptilia ? »

Me faisait-elle une farce ? Préparait-elle en cachette un gâteau d'anniversaire ?

À la cuisine, personne.

Satinait-elle son corps d'un émoustillant cotillon en prévision des agapes du soir ?

Au rayon des accessoires, personne.

Je lui avais bien recommandé de n'ouvrir à quiconque durant mon absence, en évitant cependant toutes allusions à la visite du lanceur de couteaux. Était-il déjà venu sonner, se tenait-elle terrorisée au fond d'un placard ?

Le claquement d'un carreau, un sournois courant d'air m'avertirent qu'au living une fenêtre béait.

Elle béait, laissant entrer un pernicieux rayon de giboulée qui, après avoir rampé sournoisement sur les tapis, dénoncé des nids à poussière, se mit à gravir les marches de l'estrade, éclairer les galons d'or des rideaux de scène qu'une main avait tirés.

Quelqu'un était entré.

Quelqu'un avait levé le rideau.

Quelqu'un avait touché à la « Petite table couvre-toi », l'avait placée au-devant de la scène, sous le projecteur, face aux spectateurs de cire installés sur les gradins...

Vacillant d'appréhension mais déterminé, déjà j'actionnais l'invisible déclic et frappais les trois coups sur le meuble magique :

Petite table couvre-toi !
Petite table couvre-toi !
Petite table couvre-toi ! ! !

Au milieu des feux de Bengale, des fumerolles et d'une pluie d'étincelles, la machine en un clin d'œil se mit en marche, déplissant nappe blanche, tintinnabulante argenterie et verreries cristallincs...

Horreur !

Étalée sur son plat, demi-nue, membres écartés, le cœur percé par le poignard de Satana, Reptilia, sanglante, gisait.

Pauvre, pauvre Reptilia, mon aimée, ma mie, mon épousée !

C'est ainsi, commissaire, que je l'ai trouvée. Comment le meurtre s'est déroulé, je ne saurais dire. Je subodore que le monstre avait dû depuis longtemps le préméditer. Il attendait tapi dans l'ombre que je m'éloigne pour, tel un fauve, sauter sur sa proie. Je suppose qu'il a sonné, que par étourderie elle a ouvert. À moins qu'il n'ait crocheté la serrure comme il le faisait des cadenas dont, lors de son numéro, on l'entravait…

Enfin il est entré, l'a menacée, forcée à le suivre, peut-être à me voler. Elle s'est défendue, débattue, alors le dément s'est transformé en bête. Il l'a traînée jusqu'à la table, l'autel du sacrifice.

« Déshabille-toi ! a-t-il éructé. Couche-toi là… » Et, devant le public silencieux des pantins, il a pour une ultime et macabre représentation retrouvé les gestes de leur spectacle passé… Mais, cette fois, le coutelas s'est abattu sans trucage !

Hélas, monsieur le commissaire, tout porte à croire que c'est ainsi que ça s'est passé ! Pauvre, pauvre Reptilia, chère enfant, pourquoi donc suis-je parti acheter ce cadeau, te laissant à la merci de ton bourreau ! Je n'ai point su t'en protéger !

Mais c'est évident, commissaire. Ce ne peut être que lui ! Ses intimidations, sa passion pour Reptilia, sa jalousie et son désir de vengeance. Et puis je reconnais le coutelas !

J'imagine qu'une fois le crime accompli, il a dû s'enfuir en sautant par cette fenêtre que j'ai trouvée ouverte et laisser sur la pelouse les traces de ses pas, ainsi que des empreintes digitales un peu partout. Et aussi, mon Dieu, sur le corps de ma défunte aimée, ce corps si tendre et fragile... Comment ? Déjà vous me l'enlevez ! Une autopsie... Ciel ! Monsieur le commissaire, est-ce bien nécessaire... N'a-t-elle pas suffisamment souffert ?

Reptilia, réponds-moi.

Ah ! Monsieur le commissaire, s'il vous plaît, soyez bon... laissez-la-moi encore un instant, le temps de l'embrasser...

"Ah ! Monsieur le commissaire, s'il vous plaît, soyez bon... laissez-moi encore un instant, le temps de l'embrasser..." La formule me semble des plus heureuses. N'y a-t-il pas dans cette émouvante supplication de quoi faire craquer le cœur du plus endurci des policiers ? » se vanta M. Elmeret Palimpste, riant au nez du mannequin affublé d'un vieux chapeau, d'un cache-col, et d'impressionnantes moustaches de gendarme avec qui, depuis une heure, il monologuait, préparait, répétait, peaufinait le crime parfait qu'il allait dans un moment commettre... Chaque détail devait être pensé, pesé, devait s'emboîter sans fausse note dans un mécanisme soigneusement huilé. Rien ne devait être laissé au hasard. Aucun grain de sable ne devait être oublié... Il repassa une fois de plus dans sa tête le film des enchaînements prévus et, satisfait, écouta Reptilia martyriser le piano au salon. Elle ne ferait de toute façon jamais aucun progrès même s'il lui en laissait le temps !

Cette catin, cette bagasse égoïste de Reptilia à qui il avait tout donné, son âme, sa passion, ses biens, et qui n'avait cessé de le tromper. Même au premier soir, ce soir menteur d'avril où elle l'avait grugé. C'est pour sa fortune, rien que pour sa fortune qu'elle l'avait épousé. Il fallait être un sacré naïf, un sot gobeur de lune pour croire qu'une fée puisse s'amouracher d'un vieux et laid rêveur d'étoiles ! Pauvre nigaud, pauvre roi des crapauds, il avait mis si longtemps avant de se rendre compte que les mardis et vendredis c'est vers la roulotte qu'elle courait se jeter frénétiquement dans les bras velus de son étalon de saltimbanque. Puis revenait au soir chargée de paquets achetés à la hâte, les yeux cernés, le fondement si intumescent que c'est du bout des fesses qu'elle se posait précautionneusement.

Et les ecchymoses suspectes des pinçons lascifs, des suçons lubriques qui se multipliaient de jour en jour ne faisaient que confirmer son emploi du temps de contrebande…

Le cœur aussi percé d'épingles qu'un fakir, il les avait alors discrètement épiés. Il avait vu la perfide amasser ses gages d'amour, bijoux et chèques qu'elle réclamait d'une voix sucrée de poupée gourmande.

Il avait suivi, compris avec dégoût l'évolution de leurs intrigues, de la machination.

Satana jouerait l'amant brutal et jaloux. Elle jouerait la victime apeurée, et, lui, cracherait au bassinet. Il viendrait la réclamer, et, lui, paierait sans fin jusqu'à ce qu'un jour, les poches pleines, les tourtereaux s'envolent le laissant dépouillé de tout, comme un clown qui ne fait plus rire personne, seul sous le chapiteau déserté…

Mais il avait fini par fermer ses oreilles et son cœur au babillage trompeur de l'oiseau de paradis ! Et le maniement des ficelles était passé en d'autres mains. On ne leurre pas aussi facilement un historien du trucage, de la pitrerie et de l'illusion ! C'était bel et bien à son tour de tenir les fils, actionner les marionnettes et diriger à sa façon la mise en scène de son théâtre de sang.

Il était entré dans leur jeu pour mieux les tromper. Il avait racheté le matériel, les accessoires, le propre couteau du bourreau. Il ne restait plus qu'à appeler la partenaire et frapper les trois coups.

Petite table couvre-toi !
Petite table couvre-toi ! !
Petite table couvre-toi…

Eux-mêmes s'étaient passé la corde au cou.

« Allons, réglons une fois encore le filage, mettons au point la dernière répétition. Le schéma est simple, simple comme tout. »

C'est à cinq heures qu'au scélérat il a donné rendez-vous. À cinq heures précises, cher monsieur Satana…

Entendu.

Mais il s'en va plus tôt quérir un beau cadeau. Sur le front de Reptilia il a posé un bisou. « Garde la porte fermée, et surtout sois sage, mon bijou. »

Il sait qu'il est épié, qu'une fois parti l'autre va rentrer. Alors, aussi furtif qu'un chat, il revient sur ses pas, s'introduit par la porte de la véranda laissée entrouverte. Chuuut ! il monte sur la pointe des pieds… Le croyant loin, l'incube et la succube prennent leurs aises et du bon temps.

Mais en avril beau temps ne dure pas longtemps.

Soleil d'avril ne tient que par un fil.

Ciel d'avril connaît bien des tourments.

Il se mord les lèvres pour ne pas crier et son cœur se brise définitivement en entendant les gémissements d'extase que pousse l'aimée… Seule la colère parvient à remonter le tic-tac de la vieille horloge détraquée dont le coucou ne chantera plus jamais.

Clac…

Je claque la porte pour les avertir de mon retour.

Saisis en pleins ébats, affolés. Reptilia se réajuste, se remaquille maladroitement tandis que, par la fenêtre, l'amant en rut fuit, traverse la pelouse, sous un buisson se revêt avant de sauter par-dessus le mur.

« Amoooooour, crie-je dedans le hall. Je suis làààààà. Amoooooour, j'ai une surprise pour toi.

Joyeux anniversaaaaire ! Sois chou, mets ton costume de scène, celui que j'aime tant, et prépare la “Petite table”, j'arriiiiiiive ! »

La félonne rassurée va se parer du bikini pailleté, se préparer à recevoir en échange d'un coûteux cadeau un hommage si peu dérangeant et de si courte durée… À cinq heures déjà son amour sera là à sonner, à réclamer l'argent. Bientôt ils seront libres, riches de mon coffre, de mon âme elle a dérobé les clefs !

Hi Hi Hi Hi Hi ! Pardonnez-moi, monsieur le commissaire, si je ris, mais l'imbécile a laissé ses empreintes partout, sur la table, sur la nappe, sur Reptilia, sur le couteau…

Regardez les petits enfaaaaaaants, comme j'ai de jolis gants blancs.

Hi Hi Hi, par la fenêtre il s'est ensauvé : il a laissé la marque de son pied !

Il est passé par ici, il repassera par là : sous le couperet de la guillotine !

Tout l'accuse, monsieur le commissaire. Lui seul était capable d'actionner le mécanisme de l'instrument. C'est un dément et c'est de cette affreuse façon qu'il a voulu se venger.

Tu peux pianoter, Reptilia, massacrer les notes de ta marche funèbre.

Tout est prêt… je vais la tuer, la poser sur la « Petite table couvre-toi »… Hop Hop Hop abracadabra… Et crier, crier, pleurer, ameuter tout le voisinage, me pâmer tant et tant à faire se lamenter les agents. Je crois n'avoir rien oublié. Si, peut-être à ma boutonnière cette fleur d'arroseur arrosé.

Le crime est-il parfait ? Ta lame est bien aiguisée… Puis-je entrer en piste, monsieur le commissaire ?

« Reptilia ! viens donc, le spectacle va commencer… »

Le Petit Chaperon rouge

> *– Oh ! grand-mère, quelle grande bouche tu as !*
>
> *– C'est pour mieux te manger, dit le loup qui fit un bond hors du lit et avala le pauvre Petit Chaperon rouge d'un seul coup.*
>
> GRIMM

Il était une fois un homme gros et triste qui avait bien du mal à passer en troisième. Tout se liguait depuis ce matin contre lui. Il y a des jours ainsi, où les Nains Tracassins s'acharnent tous contre vous, on ne sait à cause de quels caprices. Les scintilles vous brisent les allumettes entre les doigts, les salamandres s'activent à éteindre le feu qu'on s'évertue à faire prendre dans la cheminée, les Gremlins court-circuitent les appareils ménagers. Les Latusés sèment des punaises sous les pieds nus sur le parcours de la salle de bains. Les Tourmentines ont savonné l'escalier pendant la nuit. Et, pis, les méchantes Harpines, durant son sommeil, se sont bien arrangées pour emberlificoter l'esprit de l'épouse – d'ordinaire benoîte – de leurs fumerolles folles, qui s'éveille alors de fort méchante humeur, des reproches aussi venimeux que des serpents plein la bouche…

Cette fois, Greta l'avait mis proprement et violemment dehors.

À coups de balai qui plus est…

Pourquoi ?

Allez savoir pourquoi.

Parce qu'elle ne voulait plus jamais revêtir la jolie panoplie de fée qu'il lui avait gentiment achetée à la « Nichtigkeitshaus » pour agrémenter les câlins du matin.

Pensez donc, elle était pourtant si bellement scintillante avec ses tulles transparents, ses jarretelles étoilées et le soutien-gorge tout empigeonné aux bouts dénudés, piqués çà et là de bouilles de lutins coquins, le hennin froufroutant, les bas résilles et la baguette magique qui, d'un seul coup, se transformait en martinet. Elle avait tout arraché et lui avait tout jeté à la tête !

Allez donc savoir quel dard empoisonné durant la nuit l'avait piquée… Ce n'est pas de sitôt qu'il aurait le loisir de le vérifier !

C'est sur le trottoir avec sa valise que le pauvre Viktor Kirschendorf s'était retrouvé !

C'est, voyez-vous, une fillette qu'il aurait dû épouser et, doucement, patiemment, former à une obéissance docile et enchanteresse.

Quelle calamité que ces Nains Tracassins ! À aucun moment de la journée ils ne l'avaient lâché.

Son patron, de la même façon par eux asticoté, s'y était mis également : menaçant de le renvoyer parce que, prétendait-il injustement, il arrondissait beaucoup trop les fesses et les formes des petites filles qu'il dessinait dans les catalogues de la manufacture de sous-vêtements d'enfant qui l'employait.

Toute la journée, avec leurs yeux sournois, leur nez pointu, leurs malices fourchues, ils l'avaient harcelé…

Et maintenant c'était au tour de son levier de vitesse de se trouver ensorcelé…

Il était une fois, quelque part entre Schnapsbelstein et Jungfernstseehausen, sur une petite route forestière verte, verte et verte, un homme gros et triste dont l'auto poussive s'obstinait à demeurer en seconde…

D'un doigt très boudiné et blanc, il essuya son front moite et remonta devant ses yeux ses lunettes à triple foyer. Où allait-il passer la nuit ? Dehors !

Greta l'avait jeté dehors, et pourquoi ? Parce que madame ne voulait plus jamais enfiler la jolie panoplie de fée qu'il lui avait amoureusement offerte pour agrémenter les câlins du matin, ressassait-il encore et encore…

Son soupir se mua soudain en borborygme étranglé lorsqu'il aperçut, traversant légèrement les bois, le Petit Chaperon rouge qui lui faisait des signes.

« Grand Dieu ! »

Il freina dur et dru et s'alla cogner sur le pare-brise, tout moucheté d'éclatements sanglants de gros cousins et petits maringouins, tandis que la brunette gamine encapuchonnée de sa corolle coquelicot se penchait en souriant vers la portière.

« On fait du stop, petite ?

– Oui, monsieur.

– On n'a pas peur du loup ?

– Si, monsieur.

– Il est bien tard, on est seule et perdue ?

– Non, monsieur, on veut aller porter sa galette et son petit pot de beurre à sa Mère-Grand qui est malade, là-bas dans la forêt. »

Il frémit aux accents si chuchonnés de la petite voix poupine. Elle prononçait « petit pot de beurre » avec plus de voluptueux « peu » mouillés et pulpeux qu'une virtuose labiale d'une messagerie rose… Et tout cela susurré de frais, empapillé d'une innocence de première communiante.

La voiture flageola sur ses pneus et le gros monsieur sortit son mouchoir. Personne en vue, pas le moindre véhicule, ni auto, ni vélo… Rien que lui… et elle…

Les Nains Tracassins, rassasiés de malfaisances, s'étaient-ils enfin calmés, lui offraient-ils ce gracieux gage pour se faire pardonner ?

« Monte », souffla-t-il.

Elle monta, sa cuisse rose et enchaussettée de laine tricotée glissant sur le cuir de la banquette. Il étreignit le volant quand, sous la jupette à fleurs, il entrevit le slip.

« Bon Dieu de bois ! Bon Dieu de bois !

– Vous dites, monsieur ?

– Oh rien… rien… Où dois-je te conduire, mignonne ?

– Au plus profond de la forêt…

– Bon Dieu de bois ! Bon Dieu de bois…

– Comment c'est votre nom ?

– Heu… je… et toi ?

– Je suis le Petit Chaperon rouge.

– Aaaah, m… moi c'est Wihrssnski Prrchtzzenshwohvitsh », mentit-il-on-ne-sait-jamais. Et Viktor Kirschendorf fourragea dans la boîte à gants en quête d'un bonbon, mais surtout pour frôler le genou au passage.

Il avait plu et l'embellie du crépuscule distillait de subtils parfums d'humus humide, de fraise des bois écrasée, de fougère floue emperli-perlée.

« Cha chent bon, che choir…, suçota la fillette, la bouche gonflée par le rond bonbon.

– Tu es en vacances ?

– Oui, monsieur.

– Tu es contente d'être en vacances ?

– Oh oui, monsieur.

– Tu n'aimes pas l'école ?

– Pas très, la maîtresse est méchante, elle me pince toujours.

– Où ça ? avala faiblement Viktor.

– Au derrière.

– Bon Dieu de bois ! Bon Dieu de bois !

– Oh ! vous avez vu l'écureuil ? ! Il vient de sauter… n'auriez-vous pas un autre bonbon ? J'ai fini de sucer le mien.

– Si, si… »

Il toucha la cuisse, un peu plus haut cette fois, et, du coin de l'œil, l'observa démailloter le papier et s'enfoncer avec gourmandise la boule orange et sucraline au plus doux du gosier.

« C'est vraiment le pe… pe… Petit Chaperon rouge qu'on t'appelle ?

– Oui, monsieur.

– Ce n'est pas une farce ?

– Oh non, monsieur !

– C'est que… Tu lis quelque fois des contes de fées ?

– Je ne lis que mon catéchisme, mon livre de lecture, d'histoire, de géographie et de leçons de choses. C'est bien, les leçons de choses, on apprend tout sur les fleurs et les papillons…

– Absolument tout ?

– Tout, tout, tout, tout, tout… »

Elle me cherche, pensa-t-il, elle me cherche !

La forêt devenait plus profonde, tout ouatée de brume et de verts touffus. Un geai passa, beige soutaché d'azur, en criaillant comme une pie pingouine. La route rétrécissait entre les ronces, les digitales que butinaient les abeilles énervées, grisées par les pollens. Par les trouées des sapinières, les ors liquides du couchant s'allongeaient dans les clairières veloutées de mousses sylvicoles.

« Pourquoi faisais-tu du stop, mon enfant ?

– J'avais peur du loup.

– Mais il n'y a plus de loups maintenant.

– On dit ça, mais j'en ai vu un une fois, tout noir, qui rôdait sous un buisson derrière lequel s'étaient cachés deux amoureux…

– Ah tiens ! et que faisais-tu là, toi ?

– Je regardais si c'est la même chose que pour les fleurs et les papillons… »

Bon Dieu de bois de bon Dieu de bois ! Elle me cherche, elle me cherche, sinon elle n'aurait pas dit cela !

« Heu… et aimerais-tu faire comme eux ?

– Oh oui, monsieur.

– Avec moi ?

– Je ne sais pas… peut-être… mais il faut que j'aille chez Mère-Grand, d'abord, porter mon petit pot de beurre… »

L'auto freina toute seule.

Viktor desserra sa cravate et descendit la vitre de la portière. L'air vif lui passa une éponge d'apaisantes fraîcheurs sur ses joues en fusion.

Parfois, au milieu d'un layon, un lièvre roux sautait. La vision hirsute d'un Kobolde tirant la langue, « faisant les cornes », hanta le miroir du rétroviseur un court instant mais assez suffisamment pour éveiller ses doutes : il ne s'agissait peut-être pas d'un simple jeu de lumière mais bien des sournois Marmousets qui, toujours agriffés à ses basques, continuaient à comploter dans son dos…

Il chassa ses craintes en touchant par trois fois saint Christophe vissé au-dessus du cendrier, ingurgita une copieuse lampée d'Underberg et, aussitôt ragaillardi, vérifia le bon fonctionnement de ses bretelles…

« C'est encore loin, chez ta grand-mère ?

– Non, tout au bout du sentier. Je vais y aller à pied. Attendez-moi là. J'en ai pour peu de temps.

– Je peux t'accompagner ?

– Nonon, monsieur.

– Si, si, si, si… », et il lui entoura les épaules, ses menues épaules. Le capuchon rouge glissa sur sa nuque, sa menue nuque, qu'il couvrit de baisers.

« Elle a un lit, ta grand-mère ? mordilla-t-il, mordillant du doux… Parce qu'on pourrait s'y coucher…

– Mais elle est dedans !

– Elle est jolie ta grand-mère, dis-moi ? s'étouffait-il dans le complexe déboutonnage du chaperon à déboutonner… Comme tu es tendre et tiède…

si tiède... Dis, elle est jolie ta grand-mère... Humm... elle te caresse parfois ?

– Oh, monsieur, monsieur, vous me pincez. »

Toussant, troussant, retroussant les cotillons, il effaça ses gros doigts sur le petit nombril – le point de brôtroule – et découvrit la peau laiteuse. Une natte enrubannée titilla le bouton rose du sein naissant...

« Pas ici, pas ici... Pas comme ça ! !

– Où et comment alors ?

– Chez Mère-Grand. Lorsqu'elle sera endormie, nous passerons la nuit comme des bombyx duveteux. Partons chacun de notre côté !

– Moi en voiture, toi à pied... Le premier arrivé a gagné. Le perdant devra faire tout ce que lui demandera l'autre...

– D'accord ! » Elle battit des menottes, les pommettes vermeilles, l'œil encillé de lueurs prometteuses. « On se couchera et je te dirai : "Mère-Grand, que vous avez de grandes oreilles !"

– C'est pour mieux t'entendre, mon enfant ! gronda Viktor en contrefaisant sa voix.

– Mère-Grand, comme vous avez de grands yeux !

– C'est pour mieux te voir mon enfant... » Et il enfouit son groin ébouriffé sous le tablier plissé.

« Mère-Grand, comme vous avez de grands bras !

– C'est pour mieux te prendre, mon enfant », rugit-il en s'élançant… Et ils rirent dans le soir tombant, dans le grand secret du bois, tout au fond des sapins noirs.

« Mère-Grand, comme vous avez de grandes dents !

– C'est pour mieux te manger, mon enfant », croqua-t-il… Et ils rirent dans le soir tombé, dans le grand secret du bois, tout au fond… tout au fond des sapins noirs.

« Et si j'arrive le premier, comment, comment entrer ?

– Tu tires la chevillette, la bobinette cherra ! »

D'un bond, elle sauta dans l'herbette.

Une fois la portière claquée, il appuya sur le champignon. La voiture patina puis bondit à l'hallali…

Il arriverait le premier, c'est sûr ! Déjà elle n'était plus qu'un papillon vermillon tout au bout du sentier. Il faillit déraper, redressa et le moteur rugit.

« Oh, Mère-Grand, que vous avez de grandes dents !

– C'est pour mieux te manger, mon enfant », minauda-t-il et grogna-t-il sur deux voix…

Au coude d'un virage il l'aperçut encore trottiner sous les feuillages, prendre un raccourci. Il accéléra et les Nains Tracassins, cette fois de son côté, laissèrent les vitesses voler comme bon le leur semblait. À nouveau, elle ne fut plus qu'un feu follet dansotant au ras des épilobes...

Au fond, pourquoi se pressait-il ainsi ? Si d'aventure il ne gagnait pas la course, de toute façon il ne serait pas perdant... Et Viktor rêva à de troublants esclavages, à de libidineuses soumissions...

Il se surprit à ralentir et, en référence amusée, fredonna quelques « pom, pom, pom, pom, pom, pom, pom » empruntés au *Peer Gynt* de Grieg...

C'était une de ces coquettes maisonnettes forestières à la manière des belles gravures allemandes d'autrefois de Hermann Vogel, Gustav Kühn, Moritz von Schwind, Otto Brawsewetter, pour les contes populaires de Grimm, Musaüs, ou encore les feuilles à deux sous des colporteurs.

Une chaumine à colombages, coiffée de son toit tressé et moussu, aux murs badigeonnés et couverts de treilles fleuries, d'arcades de chèvrefeuille et bien enclose au chaud derrière ses haies d'aubépines, ses tournesols et rames de pois de senteur. Les fenêtres ornées de rideaux à petits carreaux rouges et blancs s'encadraient de volets en pin blond qu'un artiste local avait naïvement peints de frises florales, d'oiseaux bleus portant dans leur bec un cœur.

Une fois la barrière à claire-voie franchie, Viktor chercha sous la glycine bourdonnante du porche la chevillette à tirer.

L'excitation lui emmêlait les doigts sur le pied de biche qu'enfin il tira…

… et tira encore, en vain… la porte demeura close.

Il frappa, toqua, tambourina mais n'eut pas et point de réponse…

Il était à n'en pas douter arrivé le premier. L'aïeule malade devait dormir à poings fermés, à moins qu'elle ne soit très sourde ; ou bien, apeurée par cette visite tardive, elle faisait la sourde oreille… Une lucarne pourtant brillait à l'étage.

« Mère-Grand ! Mère-Grand ! ? » Il appela d'une voix qu'il s'appliqua à rendre rassurante tout en guettant, au loin, l'arrivée du Petit Chaperon rouge.

Allons bon ! Il fit le tour de la maison, mais ne trouvant pas et point d'autre entrée, cassa un carreau – tant pis, il rembourserait les frais –, fit jouer l'espagnolette et, soufflant, hissant son gros bedon, passa par la fenêtre.

La cuisine, nichée dans une tranquille odeur de soupe et de cendres tièdes, ne broncha pas d'un pouce lorsqu'il y pénétra. Les cuivres patinés par le vieux temps que chantent les almanachs voisinaient la maie et le grand vaisselier richement chargé de bocks de bière à couvercles d'étain, de délicates porcelaines de Saxe et de rangées d'assiettes égayées de scènes de chasse.

S'imposait, au centre, le four entretenu comme

un autel avec son impressionnante batterie de casseroles, lèchefrites, marmites à l'aspect rendu si vénérable par tant d'années de mijotages, étouffades et mitonnages de *Fränkisches Schäuferl, Münsterländer Töttchen, Pommerscher Gänsebraten*, du traditionnel *Schweinshachse*, suivi de croustillants *Sächsische Quarkkeulchen* ou d'un *Sewäbischer Kirchenmichel* bien doré et juteux à l'intérieur.

Viktor y tenta trois pas, appela encore…

Personne.

Non plus dans la salle à manger charpentée de beaux bois sculptés qui sentaient bon le miel des encaustiques.

« Mère-Grand ? Mère-Grand ? » Il monta l'escalier tout colimaçonneux, frappa à la première porte, l'ouvrit…

Une chambre proprette, tapissée de fleurettes, couverte de carpettes, tictaquante de pendulettes, l'accueillit douillettement : c'était tout à fait une chambrette pour mémé de contes de fées.

Il aperçut sous la lucarne, veillé par l'étoile du berger, un lit rondouillard, boudiné de couettes dodues et d'édredons pansus.

« Mère-Grand ? » appela doucement Viktor.

Il se demanda soudain ce qu'il allait bien raconter, comment se présenter : « Un ami de votre petite-fille, une si adorable petite ».

Et si, brusquement, elle devinait ses intentions ! Si elle ameutait tout le voisinage des bêtes, des bûcherons et des Elfes des bois en criant au satyre !

Il se racla le fond de la gorge, glissa prudemment ses chaussures boueuses sur les patins à ganses adornées et patina à pas menus jusqu'au baldaquin clos de rideaux à pompons. Peut-être dormait-elle. Peut-être était-il préférable de descendre et attendre en bas l'arrivée du Chaperon qui lambinait en chemin.

Il écarta le lin froufroutant et le tulle doux…

Mère-Grand dormait, la charlotte sur les yeux, les bésicles sur le nez et le nez reposant sur le drap rouge de sang. Une longue aiguille à tricoter traversait la cretonne jusqu'au plus profond du cœur de l'aïeule au lit…

Mère-Grand avait été assassinée.

C'est tous les ricanements des sorcières resurgies des cauchemars de l'enfance : les Perraultbredaines et les Grimmalices, qui poussèrent Viktor contre le corps grotesque. Il vacilla, chancela, étreignit le masque froid, arracha l'aiguille et le long tricot détricoté lui ligota les pieds…

Et le coucou chanta en bas, le chat miaula sur la fenêtre… et les musiciens de la ville de Brême clignèrent de l'œil, dans leur cadre, près du bouquet de mariée conservé dans son globe de verre, au-dessus de la cheminée…

Turlututu – chapeau pointu…
Les Lutins, les Gobelins, tous les Nains Tracassins

Se tapaient sur leurs cuisses pointues
S'esclaffaient comme des bossus.

Du fond des forêts, il entendit la sirène venir...

Effondré sur le plancher, pâle, pâle, il ressemblait à Pierrot qui aurait égorgé la lune avec, à la main, l'aiguille ruisselante aussi rouge qu'une plume trempée dans le sang.

Il entendait la sirène. Il l'entendait approcher...

Il entendit, étouffés par les nuées trompeuses d'un rêve très lointain et très triste, les claquements de fusil des portières. Les bois tout autour s'emplissaient des rumeurs d'une chasse sauvage, celle de Fraü Holle aux dents de fer !

La lune tomba par la fenêtre...

Un projecteur promena son éblouissant faisceau, illumina les rideaux de cristaux d'argent, les broderies, les objets de bois peint, les tapisseries brodelines, puis l'encercla dans l'écran rond de sa lanterne magique pour une arlequinade...

Une petite voix teintée de pleurs vint tirer les ficelles de sa panique.

« Il est là, le vilain monsieur. Il a tué grand-mère et il a voulu me faire des choses affreuses !

– Sortez de là, mains en l'air ! » aboya un ogre en bas.

Viktor se traîna à la fenêtre, aveuglé des mille feux de mille girandoles, de feuillages cristallisés d'hiver. Il entrevit des gnomes vert et noir s'affairer autour d'une fillette déchaperonnée, aux vêtements déchirés, au visage griffé…

Le roi des gnomes, au képi galonné d'or, hurla un ordre et des détonations crépitèrent, semèrent le long du toit des poignées de feux Saint-Elme. Des balles sifflaient, chantaient, tintaient sur le zinc en labourant le bois, dispersaient en envols de poussière les angelots de stuc…

Il n'eut que le temps de s'enfouir dans l'alcôve des tentures. Les fenêtres explosèrent en bris coupants d'arc-en-ciel. Impacts et ricochements fleurirent sur les murs, éclatèrent les coucous en échardes et esquilles…

« C'est le Petit Chaperon rouge ! hurla Viktor.

– C'est lui ! c'est lui ! cria-t-elle.

– C'est le Petit Chaperon… », vermillonna-t-il dans une gerbe d'écarlate, constellé d'un seul coup de corolles coquelicot… Il gigota les dernières cabrioles d'une burlesque pantomime, dans l'encadrement lumineux de la fenestrelle, puis s'affala tel un pantin sur le bord du castelet d'un théâtre d'enfance.

Et ra et ri
et le conte est fini.

Blanche-Neige

Bientôt après, elle eut une petite fille qui était blanche comme la neige, vermeille comme le sang et noire de cheveux comme le bois d'ébène, et Blanche-Neige fut son nom à cause de cela.

GRIMM

Sur le tard, C. Marmaduke Perthwee teignit ses cheveux blancs en mauve et ne quitta plus les canapés d'un club très fermé de Chelsea. Disons une sorte de pension de Famille Adams dont la toiture biscornue abritait sous ses coupoles, ses tourelles à l'ancienne, une faune en fin de beaux rêves, des retraités de l'Aventure elfique en recherche de refuge et d'oubli.

Échouaient là des chevaucheuses de licornes et capitaines de goélettes lunaires, des amants des fées – revenus égarés de leurs périlleux voyages –, de belles amantes convalescentes encore endolories des baisers du Chasseur vert. Ou bien y tombaient, par une cheminée, un cousin d'Icare, un baron chu de son arbre perché, un funambule lorialé de sa miragineuse nacelle.

Semblablement aux Sirènes, aux évanescentes naïades, aux sylphes qu'un mauvais courant rejette sur les côtes terrestres, ces vieux enfants perdus de Merlin, de Mélusine s'accrochaient à cet « asile-nursery » comme à une tour de cristal, à la cabane-soulier de Mère l'Oye, posée entre deux mondes.

À toutes heures du jour et de la nuit un essaim soyeux de soubrettes-nannies couraient par les étages vérifier que les fenêtres, les volets restaient soigneusement clos, de peur qu'un air polluant, surgi du dehors, ne s'immisce entre les murs ; qu'une page de journal portée par le vent ne vienne pondre au cœur des boiseries le ver sournois et rongeur de la dégradation et que, de coup de dent en coup de dent, il n'en laisse que sciure. On sait que Camelot fut un château de sable.

Chacun des familiers, des membres à demeure, avait apporté dans ses bagages, au fond d'un chapeau, sous une voilette, entre les plis d'un éventail, un royaume de songes qu'il proposait à la compagnie à la façon d'un toast : y trinquait, y buvait qui voulait. On ne forçait personne à en partager l'ivresse. Certains d'ailleurs préféraient boire, seuls, leurs chimères jusqu'à la lie.

On tenait table ouverte entre les murs enclos.

S'y était rassemblée une manière d'équipage lié par l'attrait des sentiers à feux follets, qu'un visiteur sans âme, oublieux qu'il faut une Nymphe pour parfumer le cœur secret des roses, aurait indubitablement jugé extravagant. Se serait agacé d'entendre cet apprenti thaumaturge-là réinventer la Genèse, cet autre narrer ses époustouflantes explorations au-delà de Lilliput, et celle-ci heureuse de s'être évaporée la buée de l'esprit parmi les rondes sorcières.

Sans doute, pour un regard boutonné jusqu'en haut, semblaient-ils tous déraisonnables, tout autant déraisonnables que le baron de Münchhausen qui, tout compte fait, ne l'était pas.

Et Perthwee, sur le tard, coiffé de sa choucroute colchique, s'y posa et s'y plut comme Peter Pan sur son îlot de Jamais Jamais.

Précisons que dans cette effervescente ruche dissimulée loin de la foule déchaînée au fin fond de sa Quality Street, on ne s'ennuyait guère, on ne s'ennuyait pas. Il ne faut pas croire qu'on y gémissait regrets et radotages de paradis enfuis, que s'abandonnaient des corps meurtris aux bains thermaux du spleen, que ne se cueillaient, ne se respiraient que des floraisons flétries. Au contraire, il semblait que l'Esprit des lieux, sans cesse abreuvé par les inépuisables sources d'une Rêverie commune, ravivait, orbait les choses, les instants et les êtres de cette étrange, fluide et florissante beauté comme seuls les Clairvoyants, les Enfées et les enfants de Noël les voient entourés.

On s'adonnait à quantité d'activités : de la simple lecture à la pantomime chantée, à plein de jeux divers : fairies' parties, colin-maillard, loup-y-es-tu, au chat et à la souris.

« Qui fait la souris ?

– Où est le chat ?

– Ici ! »

Cachés sous les lits, à l'intérieur des armoires, des placards, d'une malle au grenier, d'un panier à la cave, des commodes chatouilleuses emplies de chinchillas, de plumes dans le nez, on étouffait des rires, des cris en disparate et joyeuse compagnie. On reproduisait en mannequins vivants les scènes de cire du musée Tussaud. La chambre des horreurs, l'antichambre des frayeurs ! Lolly W. Willows, modiste de théâtre, n'avait pas son pareil pour se transformer en toutes sortes d'animaux – mais chacun savait qu'elle trichait car elle était sorcière. On s'invitait au thé d'Alice, on se fêtait ses non-anniversaires. On inventait des jeux de société dont la seule règle était de ne pas y participer. Et certaines fois, après minuit, on s'installait devant la « Boutique fantasque ». L'astrologue Trollope ouvrait les rideaux de la grande verrière et, à l'aide d'une lanterne magique projetée sur les nues, traçait la carte stellaire des Sylphes et déployait les figures d'argent de leur mythologie, pendant que dans les rangs, des colombines talquées offraient des faces-à-main spéciaux et des rafraîchissements.

« Ce qui est passionnant ici, c'est qu'on s'instruit en s'amusant », s'extasiait à tout moment le nain échassier Rumpelstinkin lorsqu'il n'applaudissait pas à tout rompre les gracieuses évolutions, sur un long trait tracé à la craie à même le parquet, d'Elvira Madigan, l'ancienne célébrissime danseuse de corde dont le minois à moitié arraché par un coup de pistolet disparaissait sous les tulles d'un bibi.

On jouait Shakespeare tout le long de l'année ; l'été, devant la gloriette du jardin ; aux mauvais jours, sur des scènes improvisées de la cave aux greniers : Shylock pesait l'or et la chair au sous-sol, Falstaff envahissait la lingerie, Macbeth voyait du balcon avancer les arbres du parc voisin et c'est dans les escaliers du grand hall que Roméo et Juliette entendaient l'alouette. Quant à Perthwee :

Par monts et par vaux, par monts et par vaux,
Je vais les mener par monts et par vaux ;
Je suis craint aux champs et à la ville ;
Lutins, menons-les par monts et par vaux...

Il se révélait un très crédible Puck du *Songe d'une nuit d'été*, provoquait les bis par ses galipettes et coupérous, le front orné de petites cornes de satyre. Le lundi, jour de la chorale, il tenait le guide-chant, l'harmonium lors des offices, taquinait la serinette, le crwth à la demande. Roucoulait à l'éclosion des belles soirées de juin « My love is like a red, red rose », « The Flowers that Bloom in the Spring », « When a Merry Maiden Marries », concluait par « The Green Hills o'Somerset » de Coates (1886-1957) qu'il maîtrisait le mieux, mais avant tout il contait…

« Régalez-nous, cher Maître, d'une de vos passionnantes enquêtes ! réclamaient les belles, accaparant canapés, crapauds et poufs autour de leur coqueluche. Par-dessous corolles d'organdi, éventails et frivolités dégrafées, elles minaudaient, priaient par moues et chatteries le détective des fées aux mèches hortensia, qui, d'un rire haut perché, se faisait prier, réclamait des baisers sucrés avant de commencer.

– Contez-nous *Le Petit Chaperon rouge*, l'affreuse histoire de l'os chantant ! »

Elles appelaient la peur ; les frissons tout picorant leurs bras, leurs épaules nus comme l'ondée grésille de toupies la peau douce des étangs.

« Ou rappelez-nous la si touchante "affaire Cendrillon" qui suscita vos brillants débuts, flattait la toujours généreuse Lady Godiva.

– *Blanche-Neige* ! cxigeait pour clore Lily la Tigresse, posant sa haute pommette noire et veloutée contre la joue du barde charmeur… Raconte pour moi, susurrait sa voix basse… Fais plaisir à Lily », soupirait, en battant ses paupières empapillonnées de faux cils, l'exotique Lily la Tigresse née Archibald, Timothy Padgett Worthing.

On racontait qu'à l'heure de sa naissance lorsque, penchées sur le berceau, les Bonnes Parques s'apprêtaient à tisser à l'enfançon une quenouille de dons, un menu Pillywiggin était venu distraitement s'emmêler les ailes dans les fils du destin… Et, Archibald Timothy Padgett Worthing, héritier fort attendu d'un viril militaire de carrière et d'une non moins solide infirmière – subitement elférisé –, petit à petit, d'année en année, s'était doucement métamorphosé en princesse noire des jardins de Kensington. Puis, enfin, après un assez tatillonnant parcours, emportée telle une Mary Poppins par le vent d'est, l'exquise créature avait atterri sur le seuil du club avec ombrelle et sac en tapisserie pour n'en plus jamais repartir. Sanglée d'une guêpière mimosa à franges et les épaules orbées d'ailes de tarlatane, entichée de Perthwee, elle le satellisait avec autant de constance que Tinker Bell prolongeait Peter Pan.

« Si vous me contiez *Peau d'Âne*, j'y prendrais un plaisir extrême ! essayait encore une fois, d'une voix pointue d'origine française, Lady Bellastone, sans toutefois trop de conviction car, pour tout dire, chacune pressentait que Lily la Tigresse finirait une fois de plus par gagner la faveur.

– Va pour… *Blanche-Neige* ! » Perthwee s'éclaircissait la gorge, glissait dans les coussins en même temps que ses pensées s'enfonçaient au loin, dans ce temps où il arpentait les ténèbres des contes bleus ; cet autre côté du miroir derrière le reflet duquel une Alice hagarde guette le chapelier, une aiguille à tricoter sanglante à la main, quand la houppe de l'enfant né coiffé se tord en mandragore et que le marchand de pain d'épices s'adonne aux joies rouges du croquemitaine.

Tandis que l'auditoire se trémoussait, s'accroupissait à l'idée de se mettre douillettement en péril, gloussait d'entendre des mots « de dessous » qu'on n'avait jamais osé prononcer sans risquer de monter au lit puni et la bouche savonnée, Perthwee poursuivait sa chute dans l'espace, relié seulement par une sorte de fil ombilical et fragile qui se déroulait derrière lui. Légèrement, il flottait entre les rayons de son propre cabinet de curiosités, laissant sur le sofa la chrysalide d'un corps asséché qu'il manœuvrait depuis quelque temps – lui semblait-il – avec de moins de moins d'aisance... Mais après tout, avait-il seulement eu – ne serait-ce qu'une fois – une quelconque influence sur cette silhouette gracile qu'il savait n'appartenir qu'aux hasardeuses volontés des fées... N'était-ce pas à cause de cela, parce que toujours il avait abandonné son destin à la grâce des Dames Fileuses, des Vendoiselles, que celles-ci en retour avivaient son âme et son esprit de ces étranges inspirations et clairvoyances que sont seuls à connaître les Thomas le Rimeur, les Amadans, les familiers des sorcières et des fées...

Un jour, bientôt peut-être, le fil se briserait au cours d'un autre envol et plus jamais il ne regagnerait la benoîte couvée du salon ; confiant sa dépouille aux bons soins des mortels, il s'en irait rejoindre les chers Royaumes entrevus dans les Antécédents...

Devant ses yeux défilait le tourniquet de ses enquêtes passées qu'une lanterne magique nichée au fond de la mémoire faisait courir image par image, accéléré, ralenti suivant qu'il en retenait ou débondait le flux... se dessinaient de noires silhouettes brandissant des couteaux sur fond de *nursery rhymes*...

Un décor familier, un parfum déplissé, le suspendaient un instant, ému de redécouvrir le vallon azuré de *bluebells* où, à l'époque, il avait espéré partager un cottage ennuagé de glycines auprès de la menue Poucelina, si l'inconséquente gamine n'avait avec ses tartelettes empoisonnées envoyé *ad patres* tout le village de Wakefield au pique-nique d'été du vicaire...

Un soupir le poussait plus loin, le long de rues huilées de pluies, de fog et d'éclairages au gaz quand, dans le cliquetis des cabs, la rumeur cockney des sorties de pub, les flonflons gras des revues de Limehouse se mêlaient les sinistres clochettes de l'Arlequin à la hache.

Puis, tout au bout d'une allée, il reconnaissait les graviers, les ifs géants dont les basses branches peignaient les eaux nymphées du bassin. Le cœur chaviré, il s'apprêtait à retrouver l'ombre de Blanche-Neige.

Dans un silence aussi tendu qu'une page blanche, Perthwee commençait l'histoire...

On retrouva la première Blanche-Neige, un matin, dans un jardin public embué de sa floraison printanière. En Angleterre, le jardin est un fragment d'Éden. Elle gisait dans l'évocation d'une colline d'Avalon, bouquetée d'une flore à la fois sauvage, potagère et exotique comme s'entendent à les agencer nos grands symphonistes pastoraux et idéologistes du Green, nos William Kent, Lancelot Brown, Hoare, dont les aspirations horticoles n'ont jamais cessé de réensemencer les prairies du Paradis perdu.

La première victime reposait au cœur d'un de ces havres végétaux, alanguie dans l'émeraude claire du gazon renaissant qu'étoilaient primevères et jonquilles.

Je suppose que vous connaissez le conte de Snow White… Lèvres rouges comme la rose, cheveux noirs comme l'ébène et blanche comme neige, ma foi, c'était elle ! Une fillette de onze ans, morte, une pomme d'amour coincée entre les dents.

Une pomme d'amour ? Ce sont ces fruits plongés dans un bain de sucre rouge qu'une fois caramélisés on pique sur un bâtonnet. Une friandise vendue aux foires et *fancy-fairs*, dans les stands à deux sous. Seulement celle-ci était gorgée de cyanure ; quelqu'un avait empoisonné l'enfant de la même façon que la sorcière du conte.

Ses parents, identifiés grâce à une adresse cousue à même le tricot de peau de la défunte, et accourus sur place, reconnurent non seulement leur progéniture mais ajoutèrent à cela que la main assassine avait maquillé de carmin les lèvres de la morte et coupé les cheveux en carré : « à la charlotte ». Afin d'exagérer la ressemblance avec la princesse de l'histoire et comme si ces apprêts ne lui semblaient pas suffisants, pour mieux encore affirmer l'allusion, le meurtrier, d'une statuette de nain déposée auprès du cadavre, avait « bouclé » la mise en scène…

Dès qu'aux basques froufroutantes des Elfines s'envolent les papillons des premiers beaux jours, Kensington Garden résonne toute la journée des cris de joie des enfants… Le lendemain de la macabre découverte, un cri couvrit tous les autres lorsque la petite Kate Tait tomba sur la seconde Blanche-Neige et sa pomme d'amour entre les quenottes. Lèvres rouges comme la rose, cheveux noirs comme l'ébène, blanche comme neige… et un nouveau gnome à la clef…

Humpty Dumpty sat on a wall,
Humpty Dumpty had a great fall.
All the King's horses and all the King's…

À la troisième victime, l'ombre de Jack l'Éventreur revint sur ses pas, transformé en croquemitaine, et les *nursery rhymes* s'étranglèrent dans les gorges enfantines de Londres et de ses faubourgs. *« It's alive ! »* dit-on et l'on guetta le monstre dans l'œil de son voisin.

Ainsi que l'enfant angoissé crée le Bogey Man à partir des ténèbres de sa chambre, le fabrique d'un fond de placard, des poussiéreuses et grinçantes présences cachées dessous le lit, une cité vraisemblablement fiévreuse peut de ses entrailles corrompues engendrer et matérialiser un Monstre. Londres est de celles-là…

Écartons le masque apprêté du décor et pénétrons sa pourrissante chair. C'est une tripaille piranésienne, noire, lovée dans la fange de ses quais d'eau croupie. Chaque ramification, chaque venelle est une artère viciée qu'il faudrait amputer tant la gangrène en a dévoré l'ossature.

La misère, le crime se respirent, se mâchent – débordent à même les trottoirs.

Au coin de la rue, une enfant perdue attend celui qui, d'un éclat d'argent ou d'un éclat d'acier, d'une pincée de shillings, d'une lame, étouffera sa faim et sa désolation… Il ne peut venir que d'Ailleurs, de l'Autre côté de la rive, où règnent les gens vivants. Bien nourri – propre –, avec au bout des doigts la morgue des gants blancs et le scalpel charitable. En fin de conte, la morgue pour paradis.

C'est un chasseur qui, par divertissement, vient en ces remblais sauvages traquer le petit gibier.

« Les vibrations de l'air, une fois mises en branle par la voix humaine, se poursuivent à l'infini », a écrit Charles Babbage. Dès lors, il est possible d'imaginer que le cri d'effroi d'une pauvresse des pavés, éveillant de cet infernal bouillon l'entité assassine, « fait naître son bourreau ». Deux ou trois éléments empruntés çà et là à la mythologie de l'obscur finiront par façonner et en habiller l'ébauche. Une aile de brouillard entoure d'une cape ses épaules, un huit-reflets chapardé à l'allumeur de réverbère, un habit de soirée à queue-de-pie – comme en portent les milords de la haute quand ils sortent au théâtre –, et voilà fin prêt à monter en scène le Vampire des gaz-lights...

Il ne reste plus qu'à boutonner le plastron blanc, la nappe immaculée de l'autel pour recevoir le sang rouge de l'agneau. Et voici l'honorable Docteur Jekyll lâché dans les bas-fonds !

Mais aussi, qu'en est-il de son double ?

N'était-ce point Monsieur Hyde qui, ayant traversé le pont, s'attaquait désormais aux fillettes du West End ?

L'idée lancée par quelques romantiques ne trouva guère d'écho au sein de Scotland Yard, peu enthousiaste à se lancer aux trousses d'un concentré de miasmes. Il y avait pourtant dans l'élaboration des crimes tellement de baroquismes.

Une giboulée d'avril, d'une nuée d'alouettes, saupoudra dragées de grêle et rubans d'éclaircies autour du quatrième petit corps lincelé de crocus.

Des policemen déguisés furent discrètement dépêchés aux portes des écoles, des garderies, auprès des bacs à sable.

« Ma fille, n'accepte jamais rien d'un monsieur, aussi doux et souriant soit-il, ni poupée, ni polichinelle, ni cuberdon. Même s'il montre l'aspect vénérable du bon saint Nicolas. » On lut, on fit relire aux bambines et demoiselles l'histoire du Petit Chaperon rouge. On recommandait plutôt, au lieu de la version rustique des Grimm, celle édifiante du bienséant Perrault où il est dit :

On voit ici que de jeunes enfants,
Surtout de jeunes filles,
Belles, bien faites, et gentilles,
Font très mal d'écouter toutes sortes de gens.
Et que ce n'est pas chose étrange,
S'il en est tant que le loup mange.
Je dis le loup, car tous les loups
Ne sont pas de la même sorte ;
Il en est d'une humeur accorte,
Sans bruit, sans fiel et sans courroux,
qui, familiers, complaisants et doux,
Suivent les jeunes demoiselles
Jusque dans les maisons, jusque dans les ruelles ;
Mais hélas ! qui ne sait que ces loups doucereux
De tous les loups sont les plus dangereux.

Des professeurs, des gens de bien et d'Église, des amateurs de photographies artistiques furent inquiétés. Des satyres arrêtés, mais il y eut une sixième victime crispée dans sa blancheur. Elle s'appelait Cassie Tweedledum, venait de fêter sa neuvième année, le visage opalescent, la longue chevelure d'un blond préraphaélite ; Lewis Carroll l'eût sans nul doute abordée, lui aurait proposé une partie de canotage suivie d'un thé accompagné de sandwichs aux concombres. Le temps de donner quelques miettes de pain aux canards du bassin avait suffi à l'escamoter. Afin d'accentuer les caractéristiques de Blanche-Neige, le misérable s'était ingénié à saccager les boucles d'or d'une coupe à la garçonne pour ensuite les teindre hâtivement en noir.

Au soulagement général, les corps ne portaient jamais de traces de violences sexuelles.

La piste des nains de facture artisanale n'amena guère d'éclaircissement.

Sir Andrew D. Warren – le Yard à l'époque évoluait sous sa férule – en appela aux lumières d'un spécialiste du Little People, de la Noble Cour, des Bons Voisins – et tous les Esprits familiers et Manniquets de Grimoirie. À peine débarqué de France, sitôt introduit dans la réserve où s'alignaient les sinistres nabots de plâtre, l'éminent elficologue demeura très circonspect quant à l'origine mythologique des nains représentés. Derrière sa barbe grise, du haut de sa noire houppelande, et après avoir fort longuement exposé les genèses indo-gréco-latines ou germano-celtiques, des généalogies lutines et de leurs ramifiances, il déclara que rien de cette radiance divine ne se manifestait ici.

Que ces figures modelées dans la glaise puis coulées en un même moule ne présentaient aucun signe distinctif des espèces répertoriées.

On ne trouvait là ni les oreilles pointues de l'espiègle Pixie du Dartmoor, pas plus que la musculature trapue du Knocker, ni le pied de chèvre agile du si changeant Pooka, la toison drue du Grogoch, la queue du Fuath, la bosse d'unTrow, la mâchoire prognathe de Boggart, ni les vermeilles pommettes du Brownie des Hautes et Basses-Terres… Voilà !

Quant au costume, on ne pouvait en aucun cas comparer la si riche diversité de la garde-robe des ethnies elfiques à ces sommaires oripeaux. Allons donc ! Une mauvaise culotte, un bonnet, une chemise et le plus commun des gilets ; le tout barbouillé, trempé d'un badigeonnage des plus primaires : bleu, rouge, jaune, vert. Alors que le vêtement du Peuple des Collines s'élaborait, se découpait, se faufilait entre les doigts de fées, d'habiles tailleurs de lunes, pour qui les points aux plumetis de l'herbe à sept coutures n'avaient plus de secrets !

Où sont, des Kabouteurs, les fraises finement gaufrées, les trèfles brodés de la verte jaquette du Cluricaune, la tunique tout en feuilles, en mousse, fougères et ombellifères de Robin Goodfellow, la toque écarlate du Dunter, l'habit à crevés tout en velours de ce coquin d'Hutgin, et le tablier si bien coupé des Lépréchauns cordonniers, leurs tricornes galonnés de fils d'arc-en-ciel !

Croyez mon expérience, ce ne sont point là Spiggan, Urisk cornu, Urchin, Tachan Cyclope, Doonie, Imps, Bug-a-boos, sautillant Brugh, aquatique Boobrie, laid Mumpoker, Wee-Willie-Winkie, Tankerabogus, Salamandre ou Tomte. Non plus Tarans, Spunkie, Sleigh Beggey, Sidh, Sith, Shellycoat, Shoopiltee, Goblin, Hobgoblin, Portune, Gwyllion. Encore moins un Tiddy ou un Will O'the Wisp !

Bref ! En un mot et pour conclure, cela ne ressemblait à rien de ce que les mythologues, lutinologues, elficologues, explorateurs de Faërie avaient appris, observé, étudié, établi depuis Pline l'Ancien, Paracelse, Gubernatus, Bucane Noctiflore, Gervais de Tilbury, Heine, le révérend Kirk de la divine population des Élémentaux, des Esprits et Génies des lieux et de leur numineuse descendance. Il ne s'agissait présentement que de la plus basique ébauche d'un simple bonhomme de petite taille, sans filiation commune avec les fameux Scharkt Zwergen, gardiens des mines et aimables compagnons de Blanche-Neige censés être figurés ici !

L'artiste – très amateur – semblait s'être contenté, en glanant de-ci de-là le bonnet pointu, le gros nez, la longue barbe blanche et les sabots aux naïfs accessoires de l'imagerie populaire, de reproduire un vulgaire « nain de jardin » ! Voilà ce que je peux en déduire. À quand le prochain bateau ?

Somme toute, on n'avait rien appris de plus en ce qui concernait les mystérieuses allusions légendaires mises en scène par le sculpteur-paysagiste meurtrier… Meurtrier ou meurtrière ! Car, raisonnablement, qui pouvait s'approcher d'une petite fille bien élevée, lui offrir un bonbon, une promenade, sans éveiller sa méfiance, sinon une dame ?

Sir A.C.D., un médecin et auteur très en vogue, alors fort apprécié pour sa perspicacité et ses étonnantes déductions, soutenait qu'il s'agissait d'une *nanny* rendue folle par la lecture journellement répétée de *Blanche-Neige* à des enfants tyranniques, incapables de s'endormir sans l'avoir entendue « en son entier ». La malheureuse, les nerfs brisés, poursuivait désormais une sorte de quête vengeresse par les parcs et les allées. Elle abordait l'enfant esseulé et, dans un état d'inconscience, elle lui interprétait l'histoire « pour de vrai ».

On chercha et interrogea également des nains, des nabots, des culs-de-jatte, des contrefaits. Le Dr James Brussel affirmait que c'était parmi la faune infernale des phénomènes de cirque que se trouvait la solution. On assistait alors aux premiers balbutiements de la psychanalyse et les nouveaux scaphandriers de l'âme y allaient bon train d'hypothèses fumeuses.

L'un d'eux, un certain Mazurka de Freiberg, avança ceci…

À cet endroit du récit, C. Marmaduke Perthwee toussota, proposa aux dames d'aller se rafraîchir, avertit que ce qui allait suivre risquait de choquer les sensibilités présentes mais, loin de s'écarter, le cercle angélique, d'un même élan gourmand, se rapprocha d'un rang.

Vous souvenez-vous de l'Égorgeur de femmes nues ?

Eh bien, je vais vous le remettre en mémoire. On retrouve dans la chambre sordide d'un bouge une prostituée égorgée – nettement –, la tête est presque séparée du tronc. Il semble aussitôt évident que le corps a été « arrangé »… Bon, question : Comment est la pose ? Hum ?

Réponse : Obscène.

L'assassin a écarté les jambes, cambré les reins à l'aide d'un coin de paillasse. Et que trouve-t-on dans son sexe ? Je vous le demande. Hum ?

Réponse : Rien.

Trois jours plus tard, même boucherie. À l'étage d'un méchant taudis, c'est une autre malheureuse que l'on découvre égorgée. Même pose. Mais que trouve-t-on cette fois à l'intérieur du sexe ? Hum ?

Réponse : Un manche à balai. Premier point. Prenez note…

La liste noire continue, suivez-moi attentivement.

Une troisième créature est égorgée, les membres inférieurs toujours bâillants… et le sexe est obstrué par une canette de bière – une Bishops Finger Strong Ale, la marque préférée de la défunte, d'après les témoignages recueillis par les enquêteurs. Soit. Mais attention, retenez bien les faits : non loin du corps, on relève de copieuses traces de sperme… Nous avançons.

Quatrième victime. Rituel sanglant identique, mais là, le sperme macule la cuisse droite de la jeune bonne surprise dans sa soupente.

La cinquième, une honnête ménagère, a été taillée, puis violée au fond de l'arrière-cuisine.

La sixième, veuve d'un militaire, est égorgée, puis sodomisée…

Nous approchons. J'ose espérer que l'évolution ne vous a pas échappé.

La septième, étouffée par un odieux viol buccal, gît nue dans son salon de Regent Street… et la huitième – une irréprochable épouse de clergyman – est… est ?

Question : De quelle façon la huitième martyre a-t-elle été ravie à l'affection des siens ? J'attends des suggestions.

La huitième a subi l'outrage VIVANTE, avant de finir décervelée sur le bord d'une table de nuit en marbre.

Ah !

Il n'y a pas eu, il n'y a jamais eu, il n'y aura jamais de neuvième victime. La police n'a pas trouvé l'assassin à temps, la police ne le retrouvera plus jamais ! S'est-il évaporé en une hypothétique et fantomateuse dimension, a-t-il disparu au pays des coquecigrues ? Non ! Catégoriquement, non !

Réponse : C'est désormais votre collègue de bureau ou voisin de palier. L'Assassin n'est plus un assassin. Il est tout un chacun. Car, comprenez-vous, le meurtrier s'est guéri lui-même ! Une nuit sans doute, alors qu'au fond des tourmentes abyssales, enchaîné au rocher tel un solitaire Prométhée, il attendait en tremblant la venue des ailes de l'angoisse, il a décidé une fois pour toutes de tordre le cou de la Bête. Il a brisé les entraves, repoussé le bec avide de ses chairs et, le glaive au poing, a gravi les marches jusqu'à la chambre viscérale où se lovait l'Ennemie.

Dire qu'il a exorcisé sa peur de la femme est évidemment un peu court.

Souvenez-vous, c'est au plus vil du cloaque qu'il s'en est allé affronter l'Ève des bas-fonds, la prostituée que sa crainte a fauchée sans oser la toucher. Le premier pas fut franchi comme une découverte, comme dans la cabine de bain de l'enfance se dévoile le secret d'une cousine. Ému, il ne s'est guère hasardé qu'à de timides et maladroits tâtonnements enhardis plus tard par le biais d'un tronçon de manche à balai. Une pénétration par procuration, dirons-nous.

Vous connaissez les faits, vous devinez la suite…

Les masturbations devant les cadavres avant de connaître le contact avec la peau, puis d'attaquer et vaincre tous ces orifices dont Dame Nature a généreusement pourvu ses filles…

Il est en train de se guérir.

Il triomphe de la dernière épreuve et c'est certainement avec regret qu'il se voit obligé de faire taire celle avec qui il partage enfin l'Harmonie.

Mais ce n'est pas tout. Que s'est-il passé d'autre de très important ? C'est là, sous votre nez, réfléchissez et remontez la charade :

Ma première est une putain
La seconde une pauvresse
La troisième une souillon de cabaret
Servante de maison est ma quatrième
Ménagère dévouée, la cinquième tient propret son gentil home des faubourgs
La sixième est veuve d'un major médaillé pour sa bravoure
La septième, Lady V., est une cariatide de la gentry
Et, jeune épouse d'un futur évêque, la huitième et dernière patronne la paroisse.
Mon tout remonte les échelons…

Marche par marche, meurtre par meurtre, M. X ne s'est pas seulement acharné à pourfendre ses démons. Avec constance, l'exclu, le paria a escaladé le grand escalier de la société pour regagner sa place dans la gentry et, ainsi qu'un fils prodigue réintègre le sein-saint même de l'Église !

Aujourd'hui c'est un homme normal comme vous et moi (tic nerveux). Il est probablement marié, père d'une famille nombreuse et dirige fermement une florissante entreprise.

En vérité, je puis affirmer que les cas de l'Égorgeur de femmes nues et l'Empoisonneur de Blanches-Neiges sont des cas similaires…

Nous avons affaire cette fois à un malade qui, à cause de je ne sais encore quelle raison, est en train d'exprimer un profond traumatisme tapi, enraciné sous les arcanes du conte de Snow White et de sa symbolique. A-t-il été jadis l'innocente proie d'une belle-mère trop belle, trop excessive ? S'identifie-t-il à la marâtre, au nain ou à la fragile princesse ? C'est cependant là qu'il est vivement nécessaire de sonder l'abcès, car combien y a-t-il de nains dans l'histoire ? Sept. Sept nains. Sept nains à déposer, donc sept cadavres. Cet homme, je vous le dis, tuera sept fois. Il ne tuera pas six fois. Il ne tuera pas huit fois, mais sept fois ! Nous en sommes à la sixième, messieurs, si vous voulez l'arrêter, c'est maintenant. Car, je le répète, une fois son dernier phantasme accompli, de la même façon que l'Égorgeur de femmes nues, il va disparaître à jamais…

Ce n'était point sot, mais…

La septième Blanche-Neige fut particulièrement jolie.

La huitième l'était encore plus.

Et la neuvième encore bien plus.

On pendit une reine de beauté qui avait été entendue demandant au miroir de sa loge : « Gentil miroir, suis-je toujours la plus belle du royaume ? »

On lyncha un colporteur petit et bossu. Un acteur de pantomime voué aux rôles difficiles de Farfadet. Un fabriquant de pommes d'amour. Un montreur de marionnettes.

On brûla un Wax Museum avec son propriétaire coupable d'exposer des scènes reconstituées de célèbres contes de fées, *Peau d'Âne, La Belle au bois dormant, Cendrillon*, et soupçonné par ses voisins de s'adonner la nuit, derrière ses volets, à de honteuses pratiques au milieu de ses poupées. Un des plus vindicatifs incendiaires jura sur la Bible qu'à l'instant où la figure de Blanche-Neige s'enflammait, il avait vu – aussi nettement qu'il voyait le bobby à c't'heure occupé à le menotter –, sous la cire fondue, apparaître un squelette de jeune fille.

On pendit le général Dourakine épinglé à quatre pattes, chevauché par ses nièces.

On pendait à l'aube comme à l'accoutumée et, quelques heures plus tard, dès que le ruissellement du jour gagnait sur la pénombre, une promeneuse matinale, un jardinier ratissant les graviers s'évanouissaient devant la grimace d'un nouveau Gobelin tirant sa vilaine langue au chevet d'une Blanche-Neige ivoirine.

Les bonnes âmes s'épouvantaient que des fillettes soient encore assez folles pour accepter les propositions d'inconnus – quoique sur ce délicat sujet je puisse vous surprendre. Mais l'inconnu n'était-il pas l'Inconnu ? La raison commençait à se désagréger sous les nuées corrosives des sorcelleries gothiques. Les poussiéreuses hantises, les spectres cacochymes resurgissaient des limbes dans des suaires flambant neufs. Se commerçaient, aux coins des rues, des médailles de saint Benoît, des talismans à repousser les cohortes infernales, les diables de tous poils, les Changelings des landaus ! Les camelots de l'occulte à bon marché prospéraient et les enfants ne sortaient plus sans se voir alourdis de scapulaires, pattes de lapin, tous les chapelets d'une pacotille bénie.

À la treizième victime, la Tour de Londres se voila la face. Les morts de Highgate frissonnaient sous les tombeaux. La chambre des Lords se clairsemait, les ministres démissionnaient, les plus fins limiers de Scotland Yard se suicidaient en chaîne… et, lorsque j'appris que S.H. avait échoué, j'intervins.

J'avais suivi l'affaire de loin. Plusieurs fois, j'étais allé sur place observer la « géographie du crime », capter l'atmosphère ; m'étais penché sur les corps abandonnés aux draps fleuris que leur déroulait la flore du moment. Je les avais vues couchées à la source d'avril – du latin *aperire*, « ouvrir » – au cœur des prés à peine éclos, baignées des gouttes de lait du perce-neige, puis embellies par les constellations d'or des ficaires, bercées par les notes claires des clochettes de campanule. Chacune, jumelle de l'autre, reproduisait une même apparence de vierge dormante sous les voiles subtils d'une nature sans cesse renouvelée de primevères, de violettes, muguet, tulipes, coquelicots, roses ; et il m'arrivait de songer à ces calendriers illustrés par Mucha.

Feuilletons ensemble l'un d'eux à titre d'exemple. Voyez mars, avril, mai… août… septembre, octobre… décembre… vous noterez que de page en page c'est chaque fois la même nymphe que l'on retrouve – car son galbe gracieux, sa beauté parfaite, synthétisent, « cristallisent » toutes les autres. Seule diffèrent la couleur des cheveux, de la robe, les éléments floraux de ses parures. Les tresses solaires de la fée de mai se couronnent des floconneuses floraisons de la haie et des vergers. L'aubépine sauvage, l'ombelle des sureaux se mêlent aux corolles légères du cerisier. Août habille sa naïade d'été de guirlandes de bleuets, de marguerites, de rouges coquelicots, de torsades d'épis de blé. La rousse divinité de septembre rit sous l'abondance des fruits, ses hanches ceintes de vigne semblent danser l'ivresse du cidre et du raisin.

La reine brune de décembre, étoilée de cristaux, couvre sa nudité d'une pelisse de givre piquetée de houx…

Soit, ôtons à ce modèle de nymphe ses décors, ses apprêts saisonniers comme le visible s'effeuille quand l'hiver dénude toutes choses pour ne garder que l'essentiel et, pareillement, penchons-nous maintenant sur cette épure d'enfant divine couchée au seuil des renaissances…

« On aimerait vous écouter raconter ainsi toute la nuit. Mais ne pensez-vous pas, cher Maître, que cette fois, nous nous égarons, osa timidement l'interrompre la très rationnelle Lady L. Grey.

– Au contraire, ma bonne amie ! Bien au contraire ! Nous sommes presque arrivés ! protesta-t-il. Veuillez donc réveiller quelques instants vos lointains imaginaires. Retourner sur vos pas, le long des marelles jusqu'à ce petit monde enfantin réfugié sous les châles, les épaisseurs protectrices de nos carapaces. Entendez-vous un tic-tac, une ritournelle oubliée ? Ou bien est-ce un parfum, un détail noué aux rubans qui, j'en suis certain, devaient si coquettement lier vos jolies couettes… C'était il y a longtemps… Avancez encore, s'il vous plaît… Au bout du couloir se trouve votre chambre. Poussez-en la porte et dites-nous de quelle couleur est la tapisserie.

– Bleue.

– C'est bien, Lizzie…

– Bleue, avec une frise de canards marchant à la queue leu leu. Sur les murs sont accrochés des dessins de Beatrix Potter : Pierre Lapin… Sophie Canetang…

– Que faites-vous ?

– Je lis, assise sur le lit. Je lis une histoire dans un livre de contes et d'images.

– Que voyez-vous ?

– Une belle princesse endormie dans un buisson de ronces, un prince charmant se penche sur son front…

– Chut ! Elle va ouvrir les paupières au contact du baiser et, en même temps qu'elle, toute la nature va se réveiller de son long sommeil hivernal. C'est la Belle au bois dormant que la Sorcière du Gel a piquée de son aiguille de glace, Blanche-Neige, pétrifiée dans un cercueil de verre, et Cendrillon ensevelie sous le froid linceul de cendres. C'est le Chaperon rouge et son bonnet d'aurore engloutis dans le ventre noir du loup… Nous pourrions en énumérer d'autres, nous les connaissons toutes. Toutes les Belles Dormantes, ces Nymphes du jour et du printemps que les ténèbres emprisonnent cent ans ou le temps d'une interminable nuit d'hiver avant que l'Elfe Zéphir – le Prince solaire – ne vienne les épouser, reverdir les champs et refleurir la robe des Belles Reines de Mai… Là, se situent les origines saisonnières des contes.

« Fallait-il entrevoir une allusion à cette symbolique attente dans le rituel des assassinats ? Le meurtrier s'employait-il à réécrire les secrets des fées avec le sang des contes ? Ou ne s'agissait-il que d'une coïncidence ?

« Arabesques, volutes et entrelacs en chemin se rejoignent… »

J'intervins en automne, à l'éclosion des colchiques. Octobre s'annonçait très victorien, doux et frais à la fois. La campagne des Cotswolds embuées par les feux de jonchée semblait taillée dans l'ambre. Au-delà des frondaisons sylvestres éclaboussées d'étincelles, feuillages tisonnés aux forges des Âges d'or, se déployait sans fin dans le tourbillon des ondes célestes la chevelure de la Lady of Shalott.

And at the closing of the day
She loosed the chain, and down she lay ;
The broad stream bore her far away,
The Lady of Shalott…

Par les rues affairées, les collégiens s'apprêtaient pour la rentrée – cols propres, cravates savamment nouées – et les maîtres fourbissaient leurs férules pour les punitions corporelles.

Je revenais sans hâte de vacances, flânant d'un cimetière à l'autre, dénichant les stèles antiques disparues sous les flots de végétation, les fougères et langues-de-cerf. Déchiffrant les vieilles pierres quelquefois enchâssées entre les flancs d'ifs géants. Nos cimetières en octobre rivalisent de mystères avec les temples d'Angkor enracinés de jungles, avec les cairns sacrés dans le silence des chênes, me provoquent autant de troublants frissons que les cuisses gainées des écuyères de cirque. Je retrouve d'ailleurs, chère Lily, dans les eaux vertes de vos yeux le reflet d'une prunelle de bronze dérobé à un ange assis au seuil d'un mausolée de Milton Abbas...

L'automne est une saison qui sied à mon humeur, j'y puise dans le déclin des jours une émanation si subtile qu'il me semble communier avec la mystique des choses. C'est pour moi le temps des perceptions intimes quand l'esprit s'aiguise au jade de la lune. L'air autour diffuse un rêve continu et palpable que l'on peut revêtir, visiter, habiter... que l'on peut aussi subir. Et je le subissais, cet octobre de Blanche-Neige, sur le chemin de Londres à la fois enfumé de saveurs vieillissantes et enivré de cidre, de liqueurs de pomme, d'une pomme d'amour.

J'arrivais chez moi ragaillardi, étant auparavant passé par Baker Street faire un pied de nez à son 221 bis, et attaquais goulûment une aile de poulet bouilli dans le thé vert que m'avait amoureusement mijoté cette vieille taupe d'Ackroyd. De ma fenêtre, je contemplais distraitement les dentelles de Westminster et songeais qu'après quelques arpèges mélodieux et détendus sur les touches du clavier, j'irais d'une implacable foulée surprendre au gîte l'Empoisonneur d'enfants. Enfin, c'était une image car je ne connaissais toujours rien de son identité sinon sa motivation.

« Laissez passer celui qui sait ! m'exclamais-je, repoussant les plantons à la porte du Yard. Trouvez-moi une femme brune, laiteuse, aux lèvres écarlates, coiffée à la charlotte, annonçais-je au bedonnant superintendant Lestfield, et vous pourrez préparer vos menottes. J'ajoute que son caractère est fort autoritaire et qu'elle fréquente les mouvements de suffragettes. Il n'y en a pas trente-six. À mon avis, c'est au sein du plus virulent, au local du "Cut-Cut Sisters Circle" que vous aurez toutes les chances de l'alpaguer ! »

J'aime l'expression : « Ce qui fut dit fut fait », elle possède l'avantage de résumer assez exactement l'enthousiasme pétaradant qui gagne mes troupes lorsque je décide de clore rondement une affaire qui n'a que trop duré...

Encadrée par deux agents, Anny Chapman entra. Qu'avait-elle de ressemblant avec Blanche-Neige ? Je regrette de vous décevoir : pas grand-chose, sinon la toison d'encre taillée en casque, le teint talqué, la bouche sanglante.

Assez belle pourtant, quoique dure de traits, l'œil glacé, le sourcil oblique, d'une quarantaine nerveuse, elle heurta du poing le bureau que j'empruntais.

« Que me voulez-vous ? hurla-t-elle.
– À vous, rien.
– Pourquoi suis-je ici alors… ? !
– Votre mari vous hait, madame.
– Qui ? Lui ?
– Lui.
– Henry ! Mais il jardine… »

Cela la fit rire d'un rire… de ce rire qui avait poussé Chapman à tuer.

Il achevait de peindre la barbiche d'un nain lorsque Lestfield le cueillit, effaré et fluet, réfugié dans la tiédeur d'une petite serre entre l'arrosoir et une potée à dépoter.

« Comment m'a… m'avez-vous trouvé ? ! balbutia-t-il effondré, la main levée devant la figure, d'un geste de gamin battu. Comment, comment ?
– Perthwee », lui fut-il répondu.

Comment pouvait-il effectivement imaginer qu'un cerveau avait lu le sien, lui si ignorant des arcanes de sa criminelle errance ? Devinait-il seulement la cause de sa démente démarche ? La pomme rouge et le gnome qu'il trimbalait en état second sous l'imperméable ?

Je vais vous expliquer…

J'ai conservé chez moi, dans une vitrine de mon musée du crime, une de ces pommes aujourd'hui ratatinée et le nain de plâtre inachevé saisi chez Chapman. Passons sur le symbolisme primaire du fruit d'Ève au cœur duquel le mal, la tentation, le poison, se condensent, et concentrons ensemble toute notre attention sur le lutin hideux sommairement modelé et naïvement coloré. Que représente-t-il ? Qu'est-ce ?

C'est un « contraste retardé »…

Le contraste retardé est une sorte de trait d'union qui sert de passage entre une chose et une autre, entre un état et un autre, tout en les valorisant. Par exemple, lorsque, mélancoliquement, sur la route du retour, je m'attardais à la contemplation des cimetières, je voyais toutes ces allées de belles tombes, ces curieuses demeures rassemblées en un village reliant le monde des morts à celui des vivants… Plus loin, ensuite, j'observais, plantés autour et à l'entrée des cottages, des haies de troènes, des buis taillés en forme de fauteuils, de grosses théières, de poules, en d'autres formes sculptées dans le végétal brut et qui, ainsi travaillées, façonnées, confondaient le sauvage au domestiqué. Autant de « contrastes retardés », de passerelles d'alliances entre le dehors et le dedans, entre l'imaginaire et le concret, le désir et la réalité… que l'on pourrait aussi désigner par « syndrome topiaire ». Ainsi, vous avez déjà dû voir ces petits moulins et ces châteaux fabuleux bricolés en modèles réduits au seuil de médiocres maisonnettes comme si le propriétaire, en reproduisant en miniature son idéal d'habitation près de chez lui, à sa porte, parvenait finalement à transformer son humble logis en castel gothique, en moulin de Hollande.

La potée de jardin japonais avec rivière en gravier bleu et pagode de porcelaine, le carré de plantes exotiques, de boutures de palmiers, ne répondent-ils pas au désir de faire entrer la jungle chez soi ? Le nain sur la pelouse n'est-il pas le moyen – par le jeu des proportions – d'agrandir son exigu coin de gazon en vastes prairies ?

Vous avez compris !

Henry Chapman, terrorisé par sa femme tyrannique qu'il hait au point de l'assassiner, n'aurait jamais pu passer à l'acte sinon que par procuration : comme on voue à la mort l'effigie de cire, comme on pique la dagyde. Il empoisonnait des fillettes grimées en Anny Chapman, et le nain de plâtre, planté près du corps, agrandissait la taille de la victime jusqu'à en obtenir l'effet espéré : celui du cadavre parfait de celle qui, quotidiennement, empoisonnait son existence et ses rêves…

Peut-être que tous ces « contrastes retardés », toutes ces gisantes accumulées auraient un jour fini par la tuer pour de bon.

« Alors cela n'avait rien de commun avec le joli conte de Blanche-Neige ? finissait par demander Lily la Tigresse, la voix brisée par l'émotion et l'espoir d'entendre miraculeusement une autre réponse…

– Je crains que non, ma chère. Je n'aime pas démystifier les contes de fées, mais les faits sont là, sans effet », s'essayait à plaisanter légèrement Perthwee, ce qui secouait immanquablement Lily de lourds sanglots dont les larmes, effaçant les fards, révélaient le visage blanc sous la perruque crêpée. Lors, l'essuyant d'un soyeux coussin pailleté, le vieux détective des fées, en la berçant, chantonnait…

« Allons, c'est tout, c'est tout, c'est tout… » tendrement.

DU MÊME AUTEUR

Aux Éditions Hoëbeke

LA GRANDE ENCYCLOPÉDIE DES LUTINS, illustré par Roland et Claudine Sabatier, 1992

LA GRANDE ENCYCLOPÉDIE DES FÉES, illustré par Roland et Claudine Sabatier, 1996

LES CONTES DU PETIT PEUPLE, illustré par Roland Sabatier, 1997

LES CONTES DE FÉERIE, illustré par Roland Sabatier, 1999

CONTES DE SORCIÈRES ET D'OGRESSES, illustré par Roland Sabatier, 1999

LES CONTES DE CRIMES, 2000 (Folio n° 4885)

LA GRANDE ENCYCLOPÉDIE DES ELFES, illustré par Roland et Claudine Sabatier, 2003

LE JARDIN FÉERIQUE DE CICELY MARY BARKER, 2004

BIDOCHET LE PETIT OGRE, illustré par Roland et Claudine Sabatier, 2005

LA BOTTE SECRÈTE DE BIDOCHET, illustré par Roland et Claudine Sabatier, 2006

LEÇONS D'ELFICOLOGIE, illustré par Roland et Claudine Sabatier, 2006

COMPTINES ASSASSINES, 2008

DRAGONS ET CHIMÈRES, CARNETS D'EXPÉDITION, illustré par Camille Renversade, 2008

Composition Nord Compo
Impression Novoprint
à Barcelone, le 16 mars 2009
Dépôt légal : mars 2009

ISBN 978-2-07-036072-7./Imprimé en Espagne.

162408